INTRO #2

TAP
VIUM

C'EST BON, TU AS FINI ?
OUI...

ALORS, ALLONS-Y...

AUTREFOIS, LA PLANTE APPELÉE "TAMARIX" FUT LE SEUL VÉGÉTAL QUI RÉUSSÎT À S'ADAPTER ET À SE DÉVELOPPER DANS LE DÉSERT. ELLE ÉTAIT COMME UNE LUEUR D'ESPOIR, INDIQUANT AUX HOMMES LA PRÉSENCE DE L'EAU ET LA FIN DE LA PROGRESSION DU DÉSERT. CEPENDANT, L'ARBRE DONNÉ PAR CETTE PLANTE, PORTANT LUI AUSSI LE NOM DE "TAMARIX", N'APPORTA AUX HOMMES QUE RAVAGES ET DÉLABREMENTS CAUSÉS PAR LES SABLES. SELON CERTAINS, SON BULBE AURAIT UNE APPARENCE TRÈS PROCHE DE CELLE DE L'ÊTRE HUMAIN.

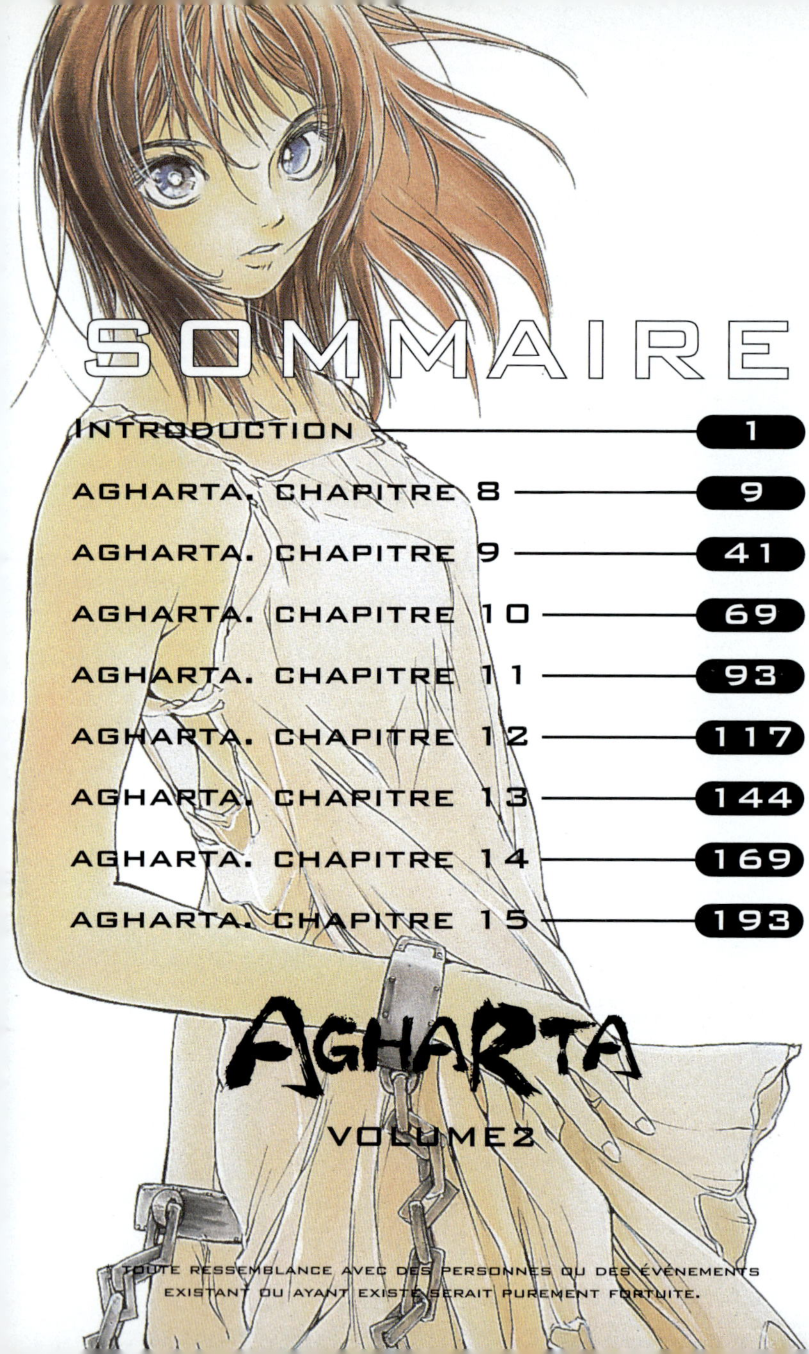

SOMMAIRE

AGHARTA

VOLUME2

Viens, ma petite Rael.
Tu es la bienvenue.
Chapitre 8
À partir de ce jour...
Cet endroit sera ta maison.

CET ARBRE...
RAEL!!!

C'EST UN TAMARIX.
IL EST SUR CETTE ÎLE DEPUIS TRÈS LONGTEMPS ET IL LA PROTÈGE.
TU L'AIMES BEAUCOUP ?
JE TE RACONTERAI LA SUITE DE L'HISTOIRE À LA MAISON.
SINON ON VA ÊTRE EN RETARD POUR LE DÎNER.

AUJOURD'HUI JE VEUX VOUS PRÉSENTER UN NOUVEAU MEMBRE DE LA FAMILLE.
TOUT LE MONDE M'APPELLE "RAEL".
ENCHANTÉ, JE SUIS MICKAEL LASERFORD.
TU ES TRÈS JOLIE.
JE SUIS AVOCAT...
MAIS TU NE DOIS PAS ENCORE SAVOIR CE QUE C'EST.
HAHAHA
JE NE COMPRENDS PAS LA LUBIE DU VIEUX.
IL NE RECUEILLE QUE DES ORPHELINS... IL A EU UNE RÉVÉLATION OU QUOI ?
C'EST SA MANIÈRE D'EXPIER SES FAUTES DU PASSÉ.
BONJOUR, MADEMOISELLE RAEL.
RAEL — REAL — EXISTANT, RÉEL — VRAI...
C'EST LE 6E...
SON COU EST TORDU ET BRISÉ, CE N'EST PAS L'ŒUVRE D'UN HUMAIN.
JE PENSE QUE C'EST LA SIGNIFICATION DE CE PRÉNOM, MAIS...
OH... ÇA VA ?
MONTRE-MOI.
TU ES UNE JEUNE FILLE, ALORS IL FAUT QUE TU FASSES ATTENTION.

CLIIING
QU'EST-CE QUE C'EST QUE ÇA ?
ON N'AIME PAS CETTE MÉTHODE NON PLUS, MAIS...
VOILÀ OÙ ILS AVAIENT DISPARU.
ON A RETROUVÉ 12 CADAVRES DANS L'ARRIÈRE-COUR.
LA MÉMOIRE DE L'AUTRE "MOI"...
TOUS DES HOMMES QUI AVAIENT DISPARU SUR L'ÎLE.
SUR LES LIEUX, ON A RETROUVÉ DES CHEVEUX ET DES EMPREINTES IDENTIQUES À CEUX DE MADEMOI-SELLE RAEL.
ME TRAVERSE DE MANIÈRE IMPRÉVUE...
NOUS DEVONS MAÎTRISER SA FORCE.

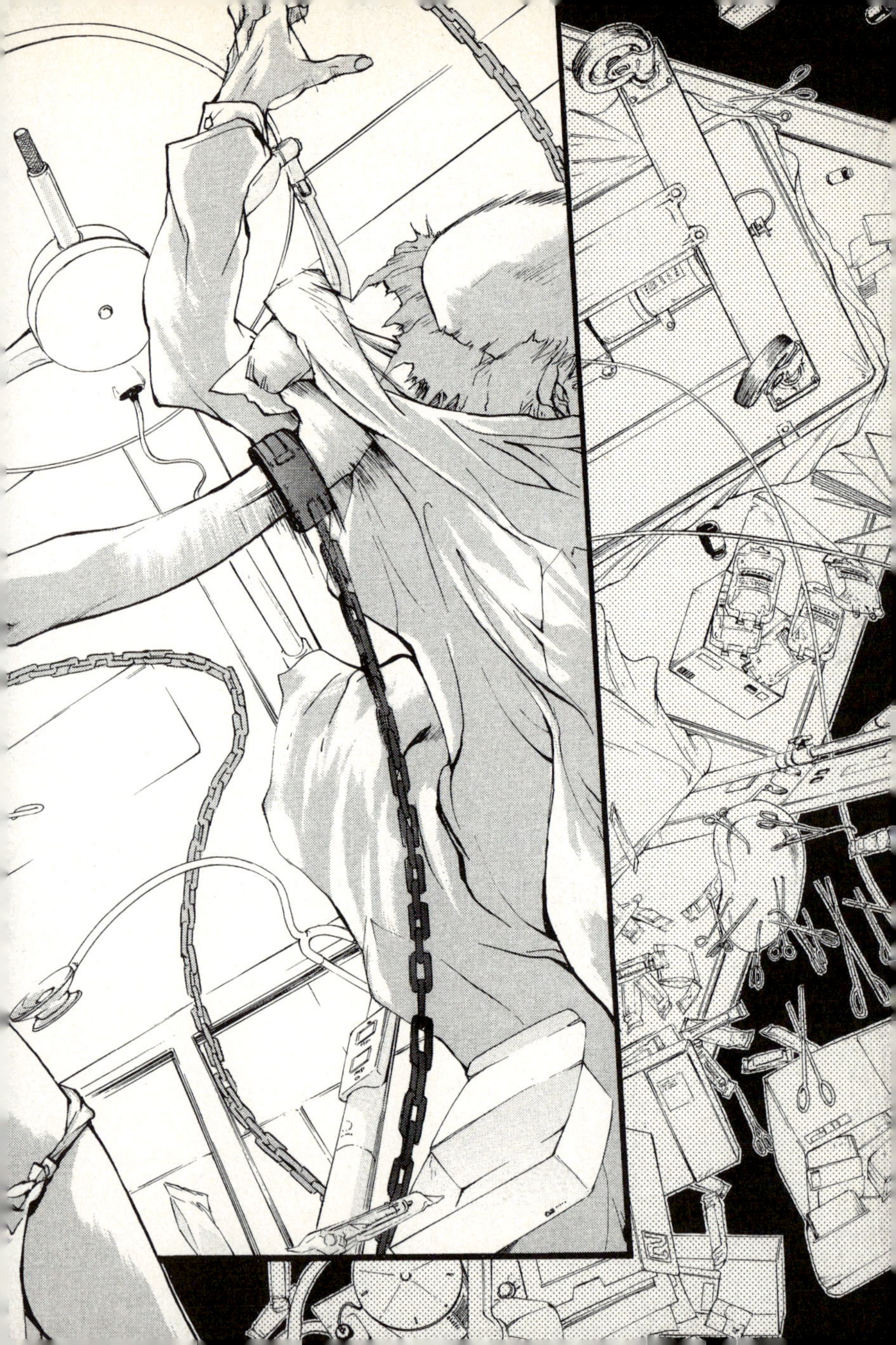

BONJOUR..
ENCHANTE..

MON NOM... EST JUJU...
ET TOI ?
BAM
HÉ ! REGARDE CE TAUX !
IMPRESSIONNANT ! QUELLE IMMUNITÉ !
LE SANG EST NORMAL.
ON NE VOIT AUCUN CHANGEMENT SUITE À LA PRISE DE MÉDICAMENTS.
C'EST UN CAS DE RECHERCHE VIVANT !!
CRAC
TU AS PEUR ?
TAP
ÇA VA ALLER...
AHH!
AAAH!

TAP
TU AS PITIÉ D'ELLE !?
REGARDE ÇA.
TAP TAP TAP
AAAAAAAAAAAH !
SUIS CE GARÇON...
ÉLOIGNE-TOI DE CETTE ÎLE...
RAEL, IL FAUT QUE TU T'ENFUIES...
AVANT QU'"ILS" N'ARRIVENT...
CLANG
CLANG
CLANG
RETOURNEZ DANS VOTRE CHAMBRE...
MADEMOISELLE RAEL.
TU N'AS PAS À T'INQUIÉTER... ALLEZ, VIENS !

BAM
AAAH!!!
HM...MM
FSS
CLANG
Clang
MPF!
MPF!
MPF!

TU N'ES PAS OBLIGÉE D'EN FAIRE AUTANT, NON!?
IL ÉTAIT SANS DÉFENSE !!!

FSS
WAOUH!!!
C'EST LE CHOC DE L'ENDORPHINE.
FLE
ET HOP!

TU AS VRAIMENT L'AIR HUMAINE...
PEEWEE.
TU ES SÛR QUE C'EST MA SOEUR?
OUI, CERTAIN.
MAIS ELLE NE S'EST PAS ENCORE ÉVEILLÉE...
AMUSE-TOI, MAIS NE LA TUE PAS.

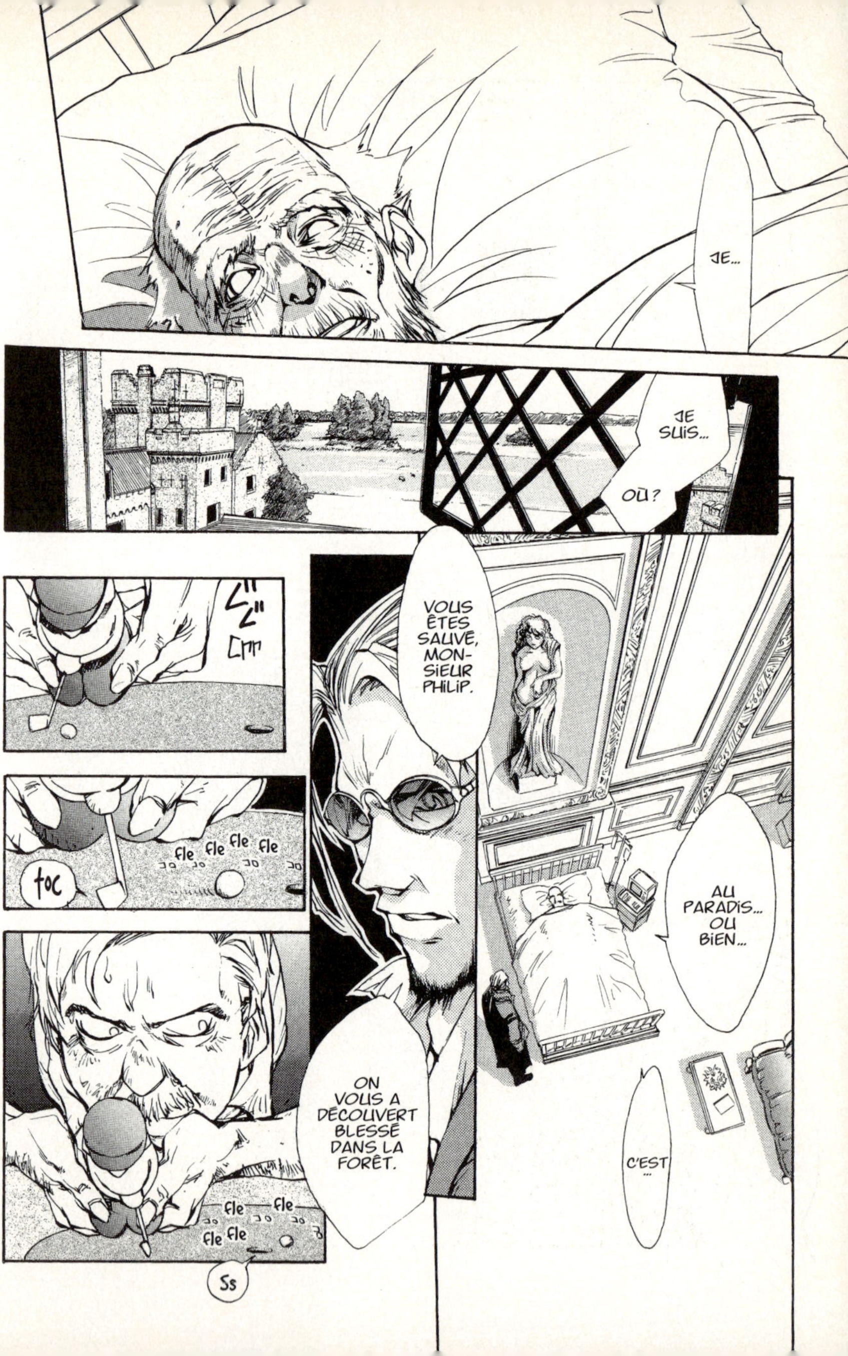
JE...
JE SUIS...
OÙ?
AU PARADIS... OU BIEN...
C'EST ...
VOUS ÊTES SAUVE, MONSIEUR PHILIP.
ON VOUS A DÉCOUVERT BLESSÉ DANS LA FORÊT.
Crrr
fle fle fle fle
toc
fle fle fle fle
Ss

POURQUOI EST-IL TOUJOURS VIVAAAAAANT ?
HM !
C'EST PAS TRÈS RESPECTUEUX.
BAM
PFT...
ARRÊTE DE FAIRE LE FAYOT !
POUR TOI AUSSI, CE SERAIT PLUS FACILE DE TRAVAILLER SI PHILIP DISPARAISSAIT !!
C'EST SÛR...
MAIS IL RESTERAIT MADEMOISELLE RAEL...
grat
ON A TROUVÉ QUELQU'UN D'AUTRE POUR LA REMPLACER. ELLE N'EST PLUS INDISPENSABLE !
CETTE SALE GOSSE !!!
ELLE EST DIFFÉRENTE DE CORI.
ON NE PEUT PAS LA REMPLACER PAR UN DROGUÉ DU COIN.
JE RECONNAIS SON POUVOIR.
MAIS...
ELLE NE NOUS SERT À RIEN SI ON N'ARRIVE PAS À LA MAÎTRISER !!

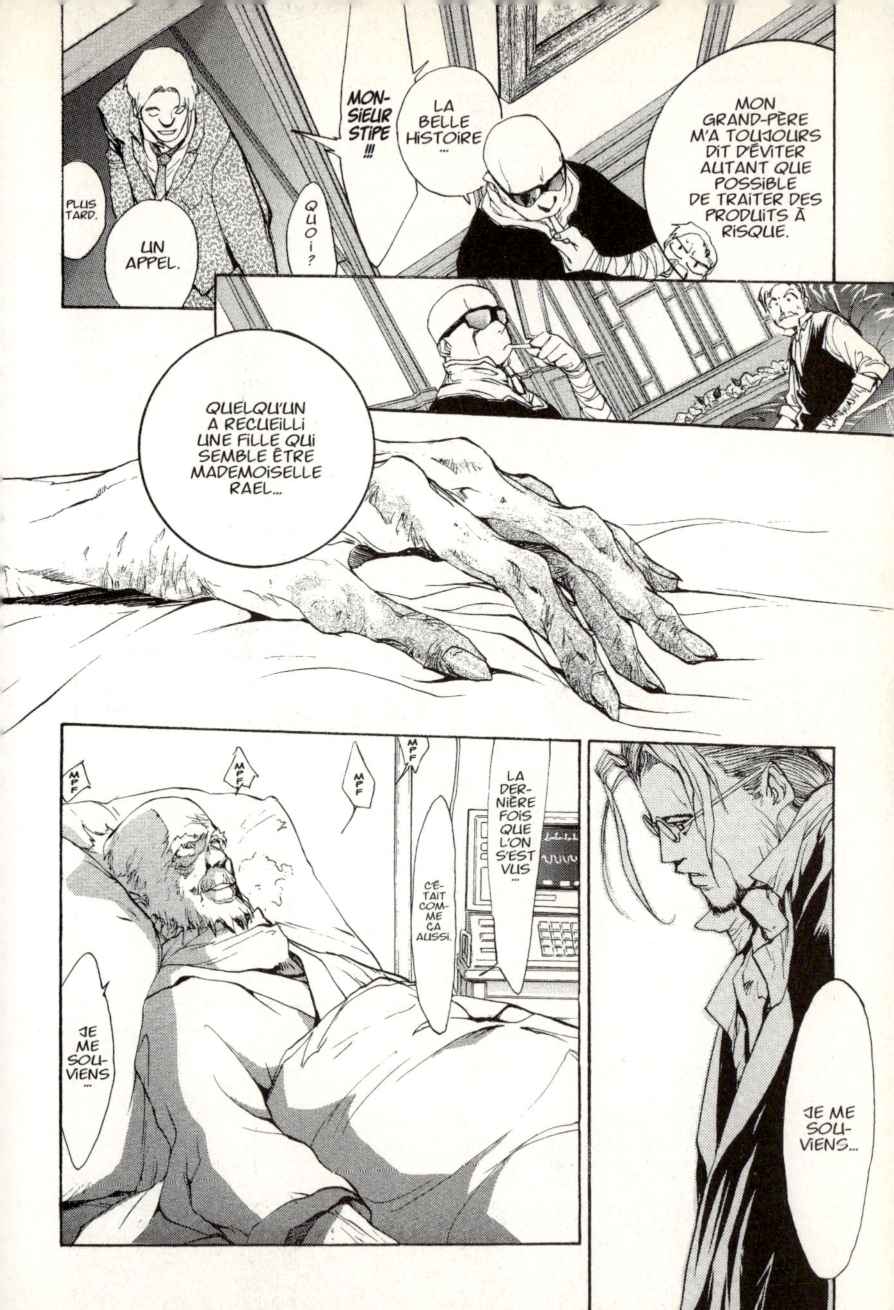
MON GRAND-PÈRE M'A TOUJOURS DIT D'ÉVITER AUTANT QUE POSSIBLE DE TRAITER DES PRODUITS À RISQUE.
LA BELLE HISTOIRE...
MONSIEUR STIPE !!!
QUOI ?
UN APPEL.
PLUS TARD.
QUELQU'UN A RECUEILLI UNE FILLE QUI SEMBLE ÊTRE MADEMOISELLE RAEL...
JE ME SOUVIENS...
MPF
MPF
MPF
MPF
LA DERNIÈRE FOIS QUE L'ON S'EST VUS...
C'ÉTAIT COMME ÇA AUSSI.
JE ME SOUVIENS...

LA DERNIÈRE FOIS AUSSI...
J'ÉTAIS ALLONGÉ SUR UN LIT...
J'AI PENSÉ QU'UN ANGE ÉTAIT DESCENDU DU CIEL... MAIS IL ÉTAIT ENTIÈREMENT VÊTU DE NOIR...
ET TU M'AS DIT...
...
" PRÉFÈRES-TU SURVIVRE EN RENONÇANT À CE QUE TU AS OU POURSUIVRE TA DESCENTE EN ENFER ?'
HA HA ...
LA RÉPONSE ÉTAIT NÉGATIVE DANS LES DEUX CAS...
tilt
VAS-TU ENCORE ME SAUVER COMME LA DERNIÈRE FOIS ?

TU L'AS CONFIÉE AU CAPITAINE ?
CLANG
CLING
ALORS C'EST TROP TARD.
IL DOIT ÊTRE EN TRAIN DE LA REVENDRE.
HEIN ?
MAIS...
POURQUOI ?
CLING CLING
C'EST SÛR, IL EST BIZARRE... MAIS IL N'A PAS L'AIR D'ÊTRE UN MAUVAIS GARS...
BEN...
TU DIS ÇA PARCE QUE TU NE LE CONNAIS PAS VRAIMENT.
JUJU, TU ES GENTIL MAIS UN PEU BÊTE.
...

MAIS ...
C'EST AUSSI CE QUI FAIT TON CHARME ♡
CLIC
CLIC
CLIC
...
ÇA MAR-CHE !
VROM VROM
ÇA VA DÉMARRER MAINTE-NANT ?
BTAM
QUI EST LÀ ?
QUI UTILISE MA VOITURE !?
VROM
VROM
VROM
VROM
ON Y VA !
AAAAAAAAH !
CLANG

VROOM
YUNFA...
VROM
VROM
VROM
JUJU, TU ES UN VEINARD.
DANS TON MALHEUR, TU AS DE LA CHANCE.
VROM
VROM
POURQUOI DIS-TU ÇA ?
JE CROIS SAVOIR OÙ EST PASSÉ LE CAPITAINE.
HM!
IL T'A DIT QU'IL N'AVAIT PAS D'EAU ?
VROM
C'EST UN GROS MENSONGE.
IL CONNAIT UNE SOURCE D'EAU PURE.

EN FAIT...
C'EST LA MÊME QUE CELLE OÙ S'APPROVISIONNENT LES HABITANTS DE LA VALLÉE DE CAREN.
IL VOULAIT JUSTE TE SÉPARER DE LA FILLE.
TU SAISIS ?
BOM
BOM
BOM
PRÈS DE LA SOURCE, IL A AUSSI UN POTE MÉDECIN QUI PRATIQUE DANS L'ILLÉGALITÉ...
IL DOIT ÊTRE CHEZ LUI.
ALORS ?
TU NE VOIS PLUS D'INCONVÉNIENT À M'EMMENER, MAINTENANT ?
T'EM-M...
T'EMMENER AVEC MOI ?
MAIS C'EST TOI QUI M'AS KIDNAPPÉ !!!
VROM VROM
VROM
VROM
OUAIS, C'EST VRAI.

HE !
TU ES VRAIMENT MA SOEUR?
PFT !
ÇA NE FAIT RIEN...
ÇA FAISAIT LONG-TEMPS QUE JE N'AVAIS TROUVÉ PERSONNE AVEC QUI M'AMUSER VRAIMENT.
FSHT
EN GÉNÉRAL, MES CAMARADES DE JEUX MEURENT RAPIDEMENT.
VIUM

QUI C'EST, CELLE-LÀ ?
TCHAC
À QUOI ON JOUE, GRANDE SOEUR ?
VIUM
C'EST QUOI, CE JEU ?
VIUM
fsht
TU M'EX-PLI-QUES ?
CRAc
GOOOOOOO
FF!
ALORS? TU COMMENCES?

BAOUM
AAAAH!!!
TU COMMENCES PAR UN COUP DE POING SURPRISE ?
GRANDE SOEUR...
CRAC
C'EST PAS GENTIL !
tac
FF...
HM.
VIUM

CLANG
CRAC
TAC
CRRrr
BTAM
Ss

toc
CALME-TOI...
SOIS PLUS GENTILLE...
D'ACCORD ?

CRAC
CRAC
AGH !!!
AGH!
FLOP FLOP
FSHH!
MA LANGUE !?
CLAAANG

FSSSSS
TAC
BTAAM
CRRRRR

CRRRRRRRRR

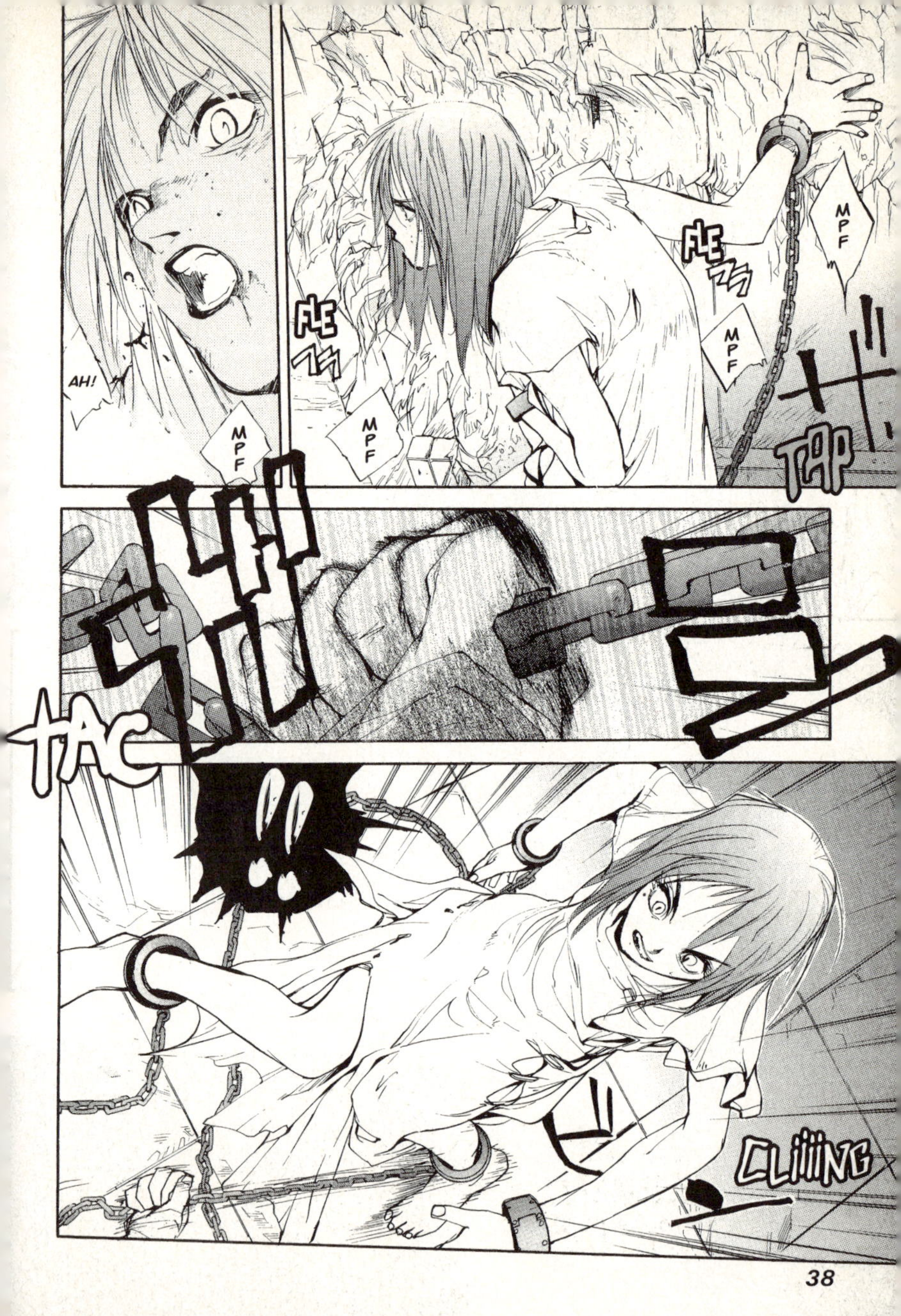

MPF
FLE
MPF
TAP
FLE
MPF
AH!
MPF
TAC
CLIIING

C'ÉTAIT...
GRANDIOSE!!!
C'EST LA PREMIÈRE FOIS QUE JE VOIS ÇA!!
TU ES VRAIMENT FORTE!!!

CHAPITRE 9

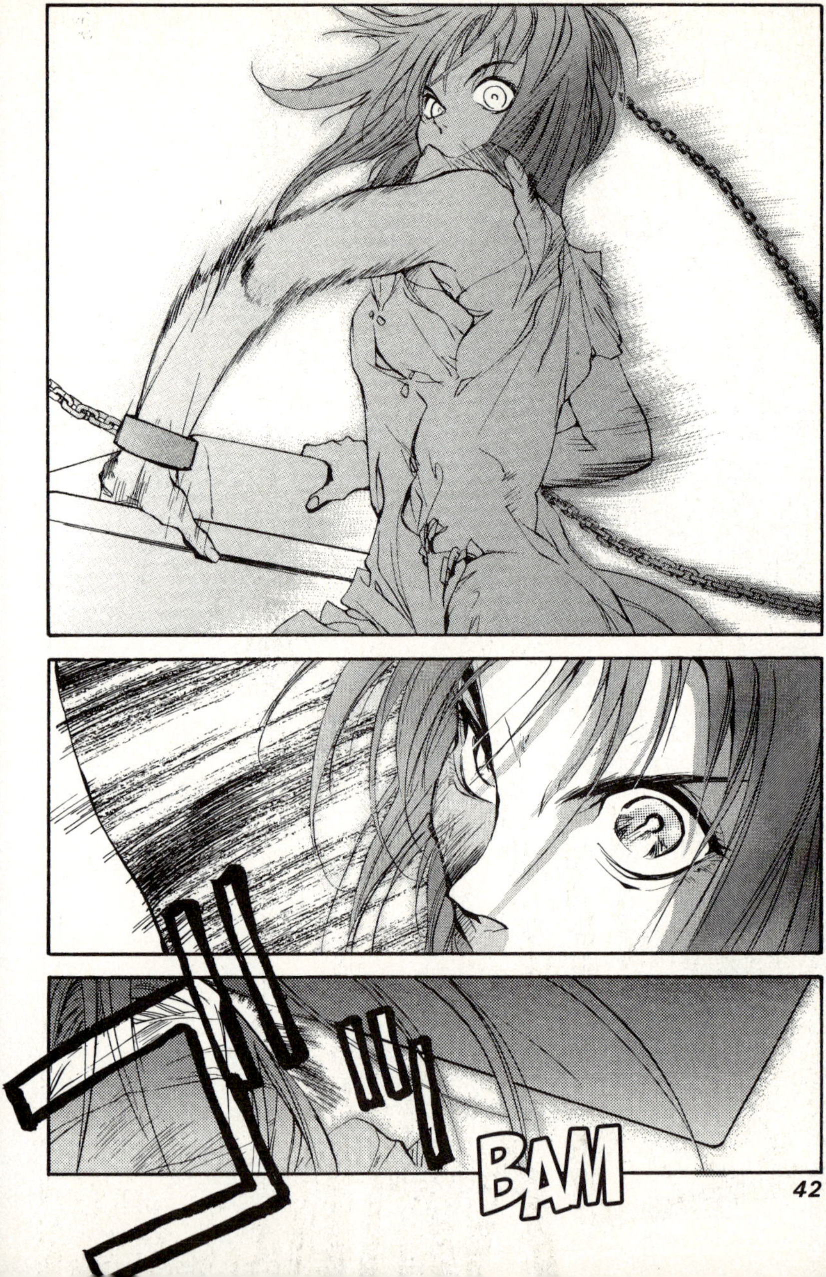
BAM

BAM

BAM
BAM
HM!
AH!
BAM
AH!
BAM
CRAC
MPF!!!
MPF!!!
BAM
MPF!!!
MPF!!!
MPF!!!
BAM
CRAC
CRAC
BOUM

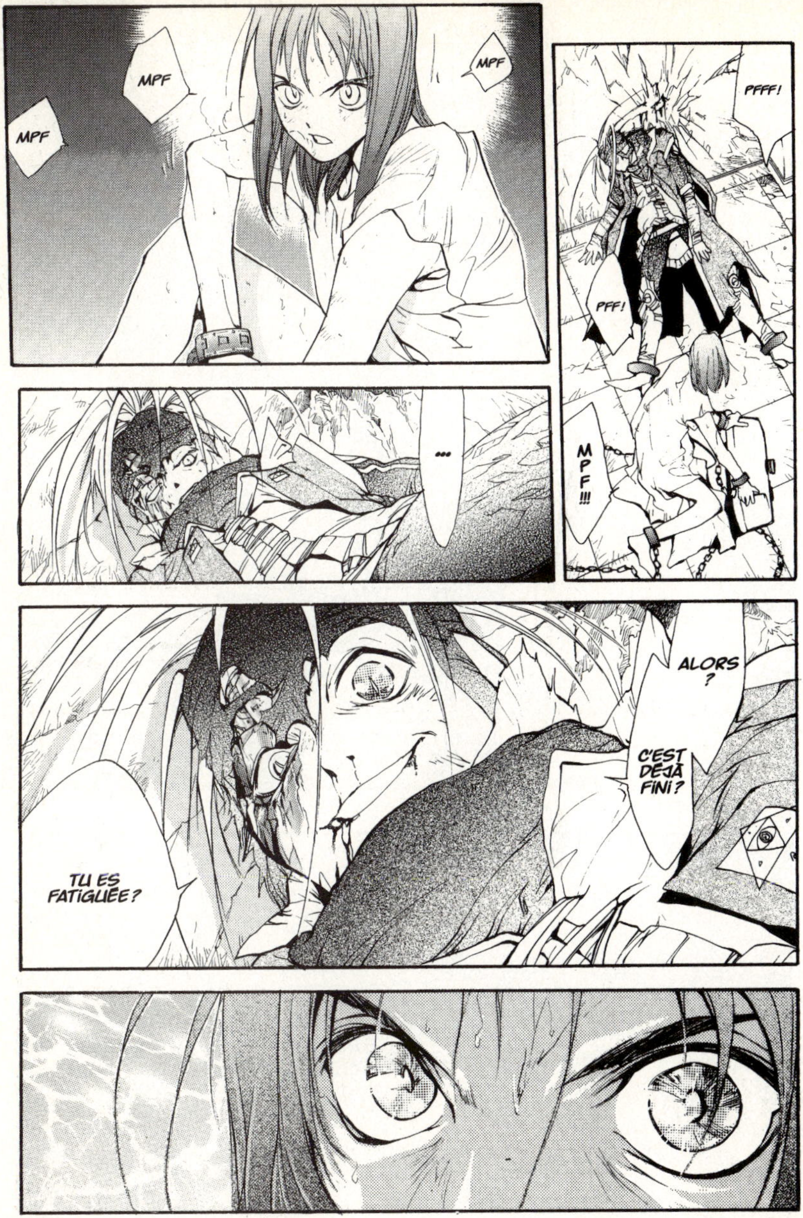
MPF
MPF
MPF
PFFF!
PFF!
MPF!!!
...
ALORS ?
C'EST DÉJÀ FINI ?
TU ES FATIGUÉE ?

BAAAM
IL DIT...
QU'IL A CAPTURE MADEMOISELLE RAEL ?
ON N'A PAS DE CERTITUDE.
VOUS SAVEZ, C'EST LE GOSSE DE LA VALLÉE DE CAREN.

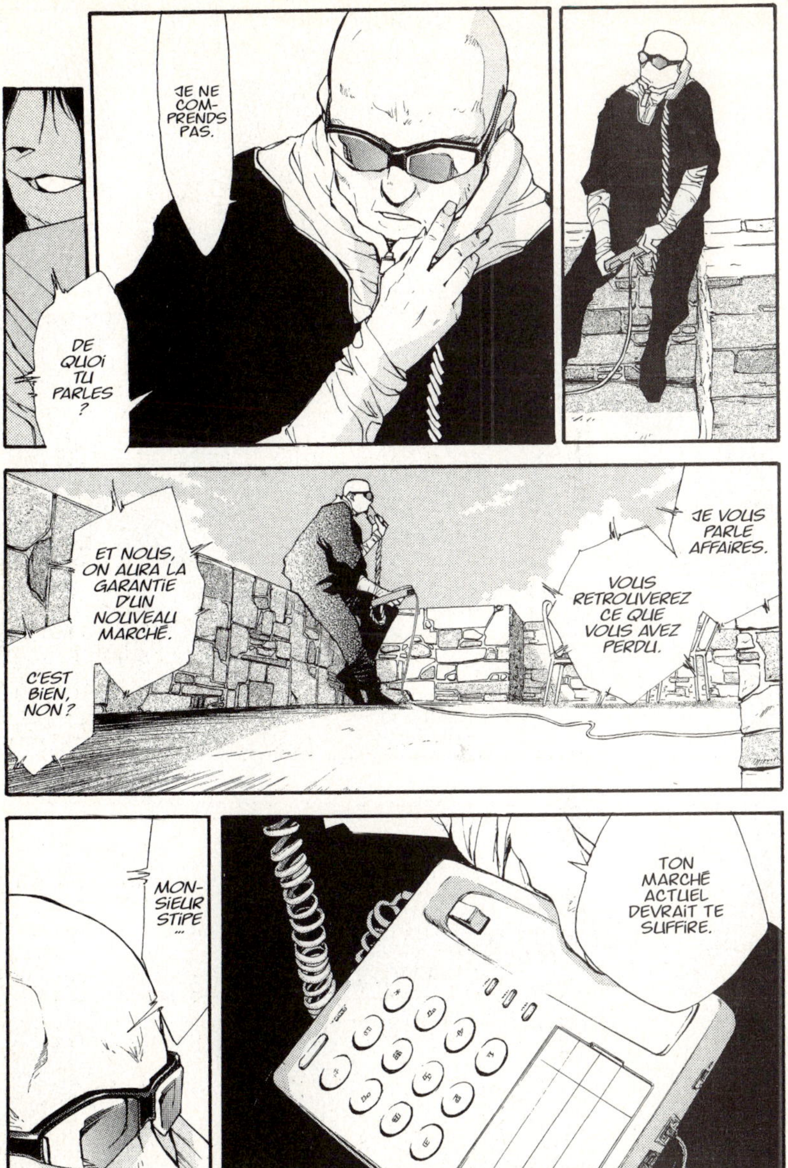
JE NE COMPRENDS PAS.
DE QUOI TU PARLES ?
JE VOUS PARLE AFFAIRES.
VOUS RETROUVEREZ CE QUE VOUS AVEZ PERDU.
ET NOUS, ON AURA LA GARANTIE D'UN NOUVEAU MARCHÉ.
C'EST BIEN, NON ?
TON MARCHÉ ACTUEL DEVRAIT TE SUFFIRE.
MONSIEUR STIPE...

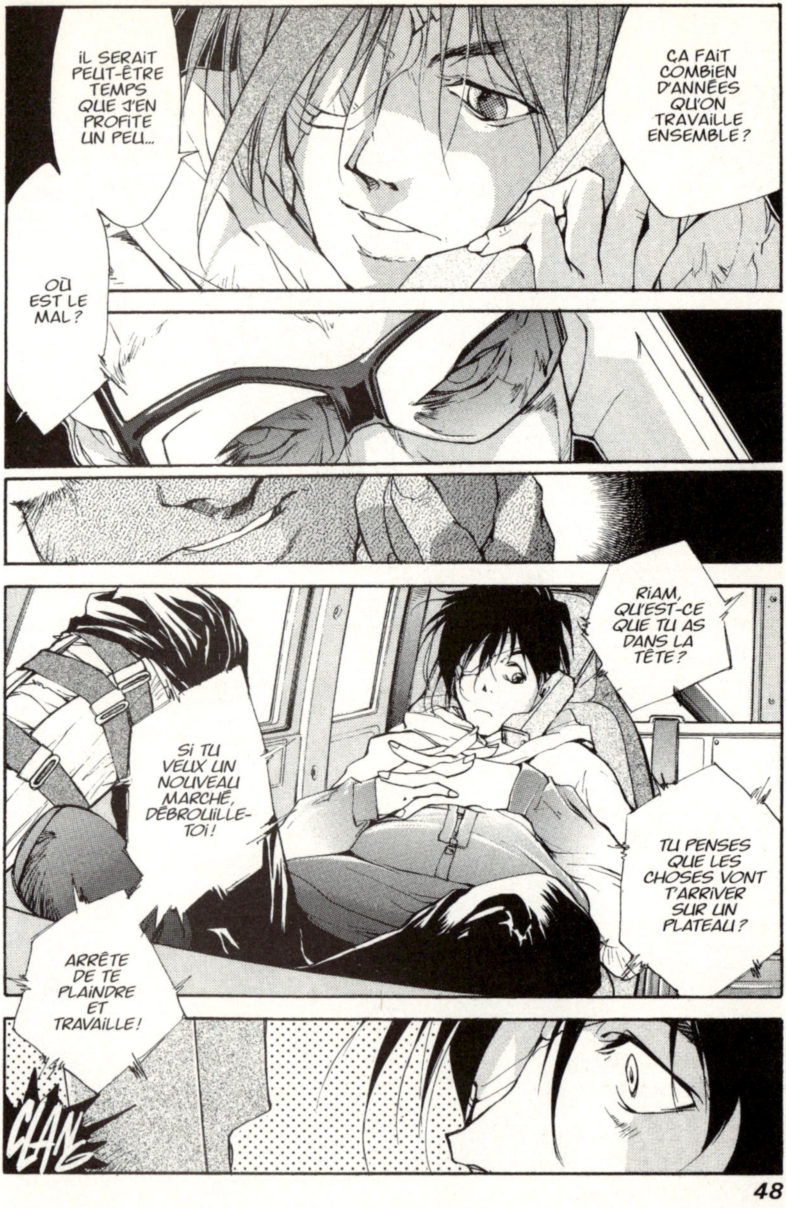
IL SERAIT PEUT-ÊTRE TEMPS QUE J'EN PROFITE UN PEU...
ÇA FAIT COMBIEN D'ANNÉES QU'ON TRAVAILLE ENSEMBLE ?
OÙ EST LE MAL ?
RIAM, QU'EST-CE QUE TU AS DANS LA TÊTE ?
SI TU VEUX UN NOUVEAU MARCHÉ, DÉBROUILLE-TOI !
TU PENSES QUE LES CHOSES VONT T'ARRIVER SUR UN PLATEAU ?
ARRÊTE DE TE PLAINDRE ET TRAVAILLE !
CLANG

Hiiiiiiiiii!!!
hiiiii
HA!
HA!
HA HA HA!!!
HA HA HA!!!
BAM
BAM
ÇA CRAINT, CE QUE TU VIENS DE LUI DIRE.
TU PARLES!!!
ILS SE PLIENT EN QUATRE POUR LA CHERCHER.
ELLE REPRÉSENTE UN BON ÉLÉMENT DE NÉGOCIATION.
driiiNG
EN PLUS...
IL NOUS RESTE TOUJOURS UN DERNIER RECOURS!
OH!
ALORS? QU'EST-CE QUE TU VOIS?
VROM VROM
VROM
JE L'AI LOCALISÉE. LE CAPITAINE EST LÀ AUSSI.

LA VOITURE DE YUNFA VIENT D'ARRIVER.
!
AH!
ILS SE BATTENT MAIS, C'EST BIZARRE...
VROM
VROM
REGARDE MIEUX!
JE NE LA VOIS PAS!
VROM
VROM
AH
VROM
VROM
C'EST JUSTEMENT POUR ÇA QUE C'EST UNE PLANQUE...
TU ES SÛRE QU'IL Y A DES GENS QUI HABITENT DANS CES RUINES!?
MAIS...
!!

JE L'AI TROUVÉ !!
flè
ずる
AAH!!!
SSS
AAH!
BTAm
IL...
IL FAUT QUE JE ME TIRE...
IL FAUT QUE JE ME TIRE...
TRÈS LOIN !!!
VROM
VROM
VROM
VROM
BRR

AAAH!!!
BOUM
HIIIIII
CRRRRRRRRR
AH!
CAAAPiiiiiTAiiiiNE!!
YUNFA?!
fle
TU AS ENCORE FAIT DES TiENNES !?
HEIN ?!
MOi, JE N'Ai RIEN FAIT DU TOUT!!

TAC
JUJU !?
BRR
CAPITAINE !!!
QU'EST-CE QUI S'EST PASSE !?
RAEL ...
OÙ EST-ELLE !?
AH...
BOUM
HEIN ?

JE CROIS...
AH...
AH...
AAH...
QUE QUELQUE CHOSE VIENT D'EXPLOSER...
CLAC
CLAC CLAC
C'EST DANG-GE-REUX...
C'EST VRAIMENT DANGE-REUX !
JUJU !!!
TAP
BOF, PAS TRÈS CON-VAIN-CANT...
LAISSE TOMBER CETTE FILLE !
N'Y VA PAS !!!
fle

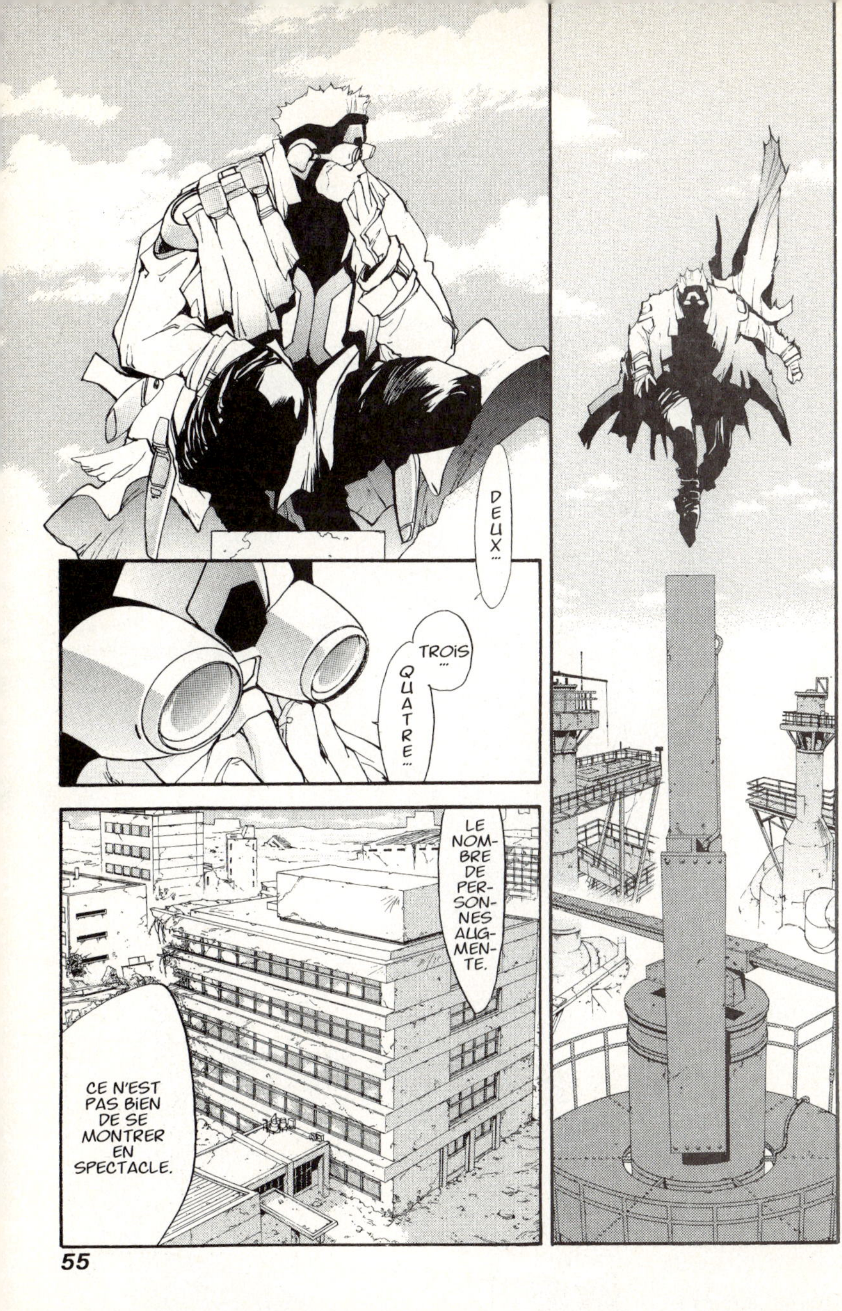
DEUX...
TROIS...
QUATRE...
LE NOMBRE DE PERSONNES AUGMENTE.
CE N'EST PAS BIEN DE SE MONTRER EN SPECTACLE.

HM...
MPF!!!
URSULA, TU M'ENTENDS ? TA LIMITE DE TEMPS EST DÉPASSÉE.
AÏÏÏÏÏE...

TU NE VISES QUE MON VISAGE...
QUOI ?
TU ES DURE ! TU ES TOUJOURS COMME ÇA, GRANDE SOEUR ?
TA VOIX EST JOYEUSE.
JE SUIS CONTENT QUE VOS RETROUVAILLES SE DÉROULENT BIEN, MAIS...
IL VAUT MIEUX ARRÊTER LES RÉJOUISSANCES ICI.
ÇA A AMEUTÉ PLUS DE MONDE QUE PRÉVU.
TU FAIS TROP DE BRUIT QUAND TU JOUES.
À MOINS QUE TU VEUILLES TE DONNER EN SPECTACLE ?

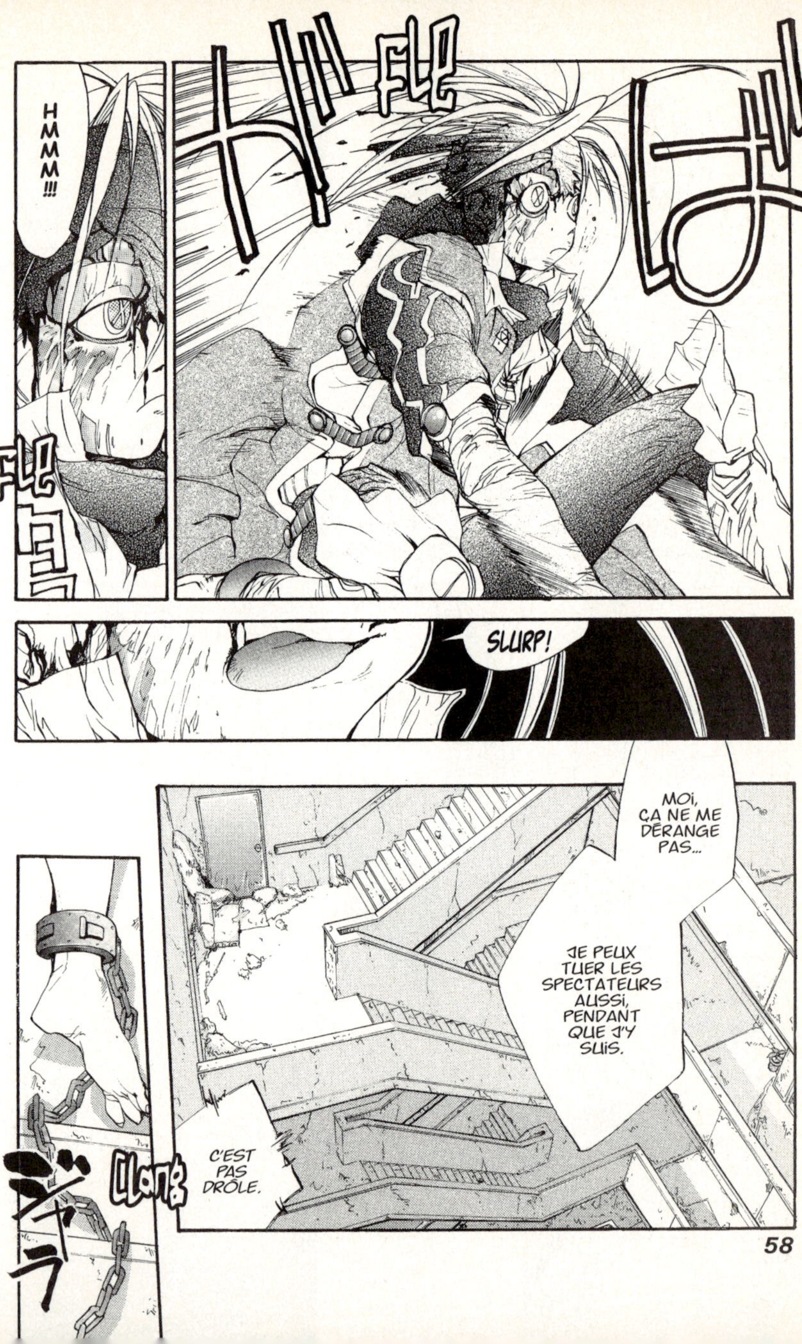
FLE
HMMM!!!
FLE
SLURP!
MOI, ÇA NE ME DÉRANGE PAS...
JE PEUX TUER LES SPECTATEURS AUSSI, PENDANT QUE J'Y SUIS.
C'EST PAS DRÔLE.
CLANG

!
TILT
MPF
MPF
MPF
MPF
MPF
Crrr
Crrr

BAOUUUM
TAC

BAAAM
SCRATCh
DOMMAGE!
OUUUH!

GO
GO
GO
GO
GO
TAC

CRR
C'EST TERMINE !

TU NE VEUX VRAIMENT PAS TE CALMER...
ET SI JE T'ARRACHAIS LES BRAS ET LES JAMBES, TU RESTERAIS TRANQUILLE ?
TU AS EU PEUR ?
JE VOULAIS POURTANT RÉCUPÉRER CE CORPS...
DANS LE MEILLEUR ÉTAT POSSIBLE !

PEEWEE M'A DIT...
QU'EN PRINCIPE IL DEVAIT M'APPARTENIR...
ALORS RENDS-LE-MOI...
splash
ビチャ
JE VOULAIS...
SIMPLEMENT...
QUE TU ME LE RENDES, MAIS...
ARRÊTE, URSULA !

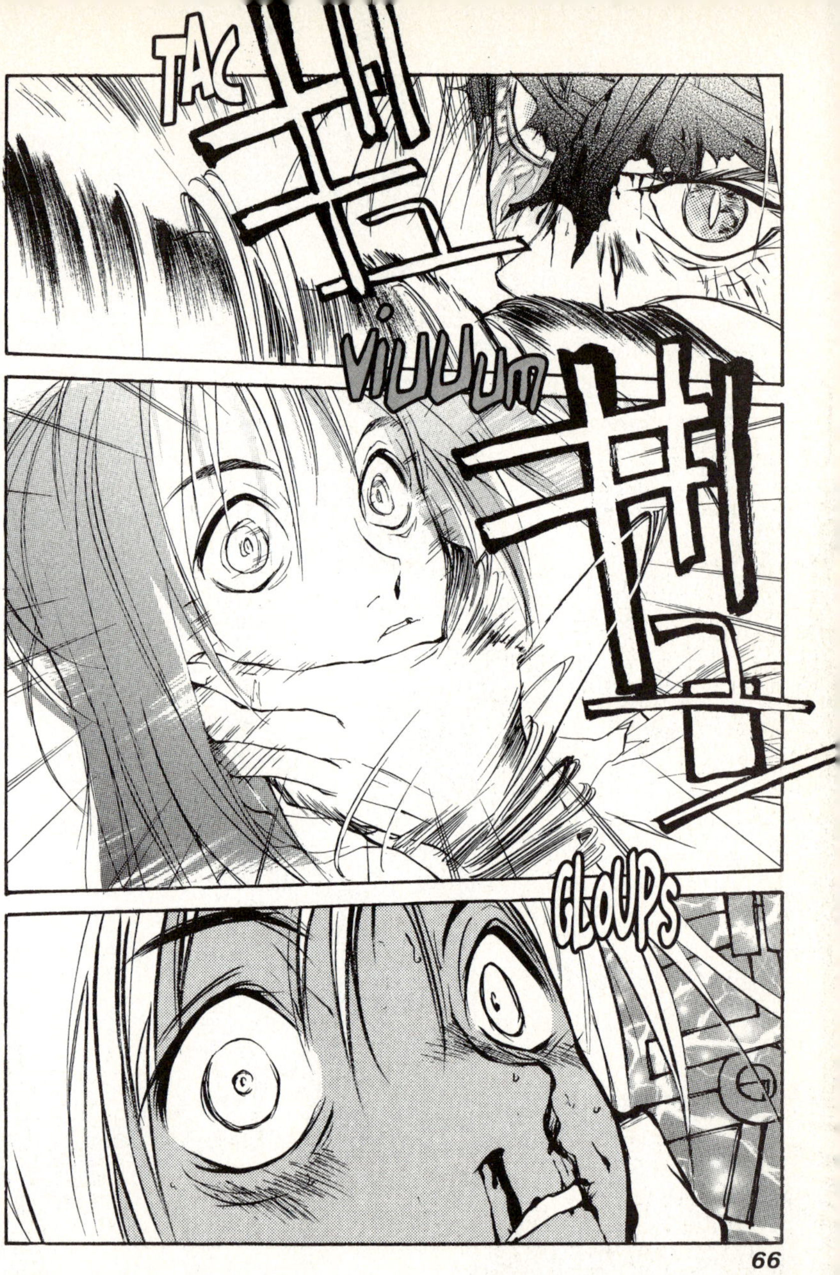
TAC
キュ
VIUUUM
キュ
CLOUPS

スゥ
SS
FLE
BTAAAM!!

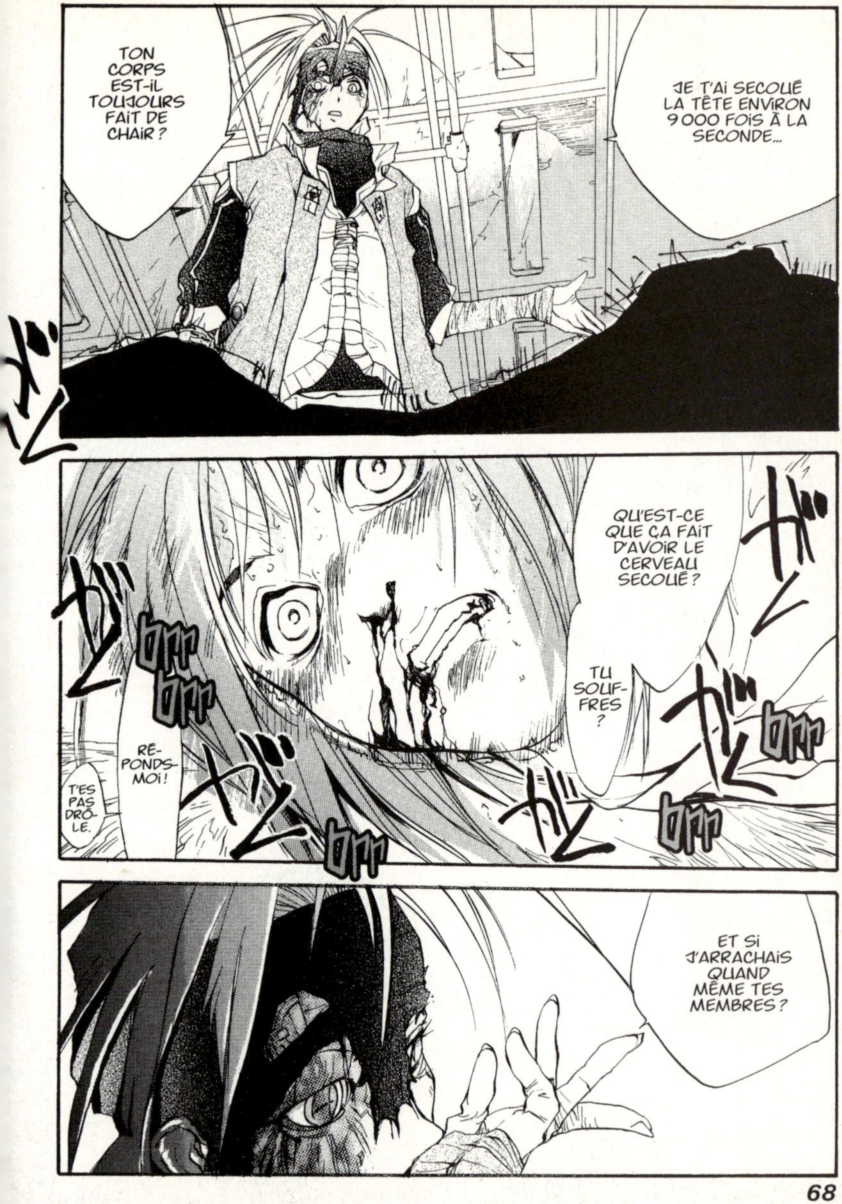
JE T'AI SECOUÉ LA TÊTE ENVIRON 9 000 FOIS À LA SECONDE...
TON CORPS EST-IL TOUJOURS FAIT DE CHAIR ?
QU'EST-CE QUE ÇA FAIT D'AVOIR LE CERVEAU SECOUÉ ?
brr brr brr brr
TU SOUF-FRES ?
RE-PONDS-MOI !
T'ES PAS DRÔ-LE.
brr brr brr
ET SI J'ARRACHAIS QUAND MÊME TES MEMBRES ?

Chapitre 10

SSSS
TAC
TILT
TILT
TILT
...
CLANG
TILT
PFFF!

HAHAHAHA
TU FRÉTILLES !! C'EST TROP MARRANT !
T'ES POURTANT PAS UNE GRENOUILLE...
QUAND MÊME !
QU'EST-CE QUE TU FOUS ?
ET SI TU AVAIS ABÎMÉ SON CERVEAU !?
J'AI FAIT ATTENTION.
T'INQUIÈTE !
J'EN AI RIEN À FAIRE DE SON CORPS...
MAIS...
N'ABÎME PAS SON CERVEAU ! COMPRIS ?
CE QU'ON VEUT SE TROUVE DANS SA TÊTE !
PFT !
T'AS PAS OUBLIÉ, URSULA ?

TAC
ET HOP!
HE...
CRRR
CRAC
CRRR
CRAC
QU'EST-CE QUE TU FAIS ?
VIUUM
CRRR
ARRÊTE, URSULA!!

QU'EST-CE QUE JE FAIS !!?
BTAM
UN CONTRÔLE MÉDICAL.
JE VÉRIFIE SI CE QU'ELLE A DANS SA PRÉCIEUSE TÊTE...
EST SAUF.
HEIN !?
HE...
TU ES SÉRIEUSE !?
IL FILE

*ABRÉVIATION DE ÉQUIVALENT HOMME DE RÖNTGEN (UNITÉ DÉQUIVALENT DE DOSE UTILISÉE EN RADIOPROTECTION).

JUSQU'À PRÉSENT ON A RÉCUPÉRÉ 3 CORPS QUI N'ÉTAIENT QUE DES VERSIONS-TESTS.
FABRIQUER UNE VÉRITABLE ENVELOPPE CORPORELLE REPRÉSENTE BEAUCOUP DE TRAVAIL.
ET...
CETTE FILLE EST PEUT-ÊTRE AUSSI UN DE CES TESTS.
CLING
PAS VRAI ?
CRAAC
ALORS, IL SUFFIT DE VÉRIFIER ♡
C'EST LOGIQUE.

CE MATIN, L'ÉTAT DE SANTÉ DE LORD ROBERT PHILIP S'EST SOUDAINEMENT AGGRAVÉ.
SPLASH
LE DÉPUTÉ LASERFORD A DÉCLARÉ : "JE FAIS LE MAXIMUM EN COLLABORATION AVEC LE CORPS MÉDICAL".
LA PRESSE A ALORS DEMANDÉ S'IL Y AVAIT UN RAPPORT AVEC CETTE AFFAIRE RÉCENTE...
DE DISPARITION SUR L'ÎLE.

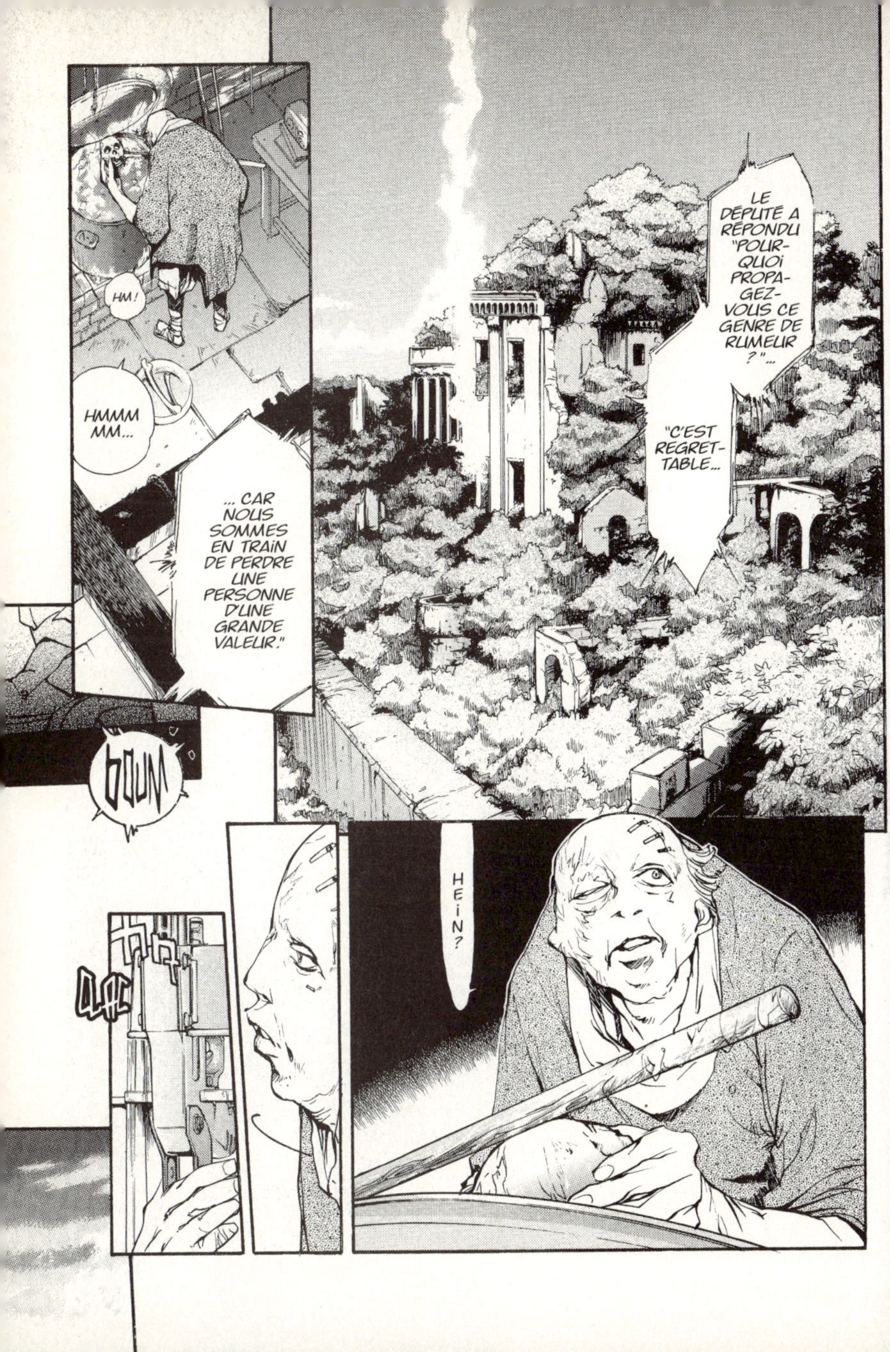
LE DÉPUTÉ A RÉPONDU "POURQUOI PROPAGEZ-VOUS CE GENRE DE RUMEUR ?"...
"C'EST REGRETTABLE...
... CAR NOUS SOMMES EN TRAIN DE PERDRE UNE PERSONNE D'UNE GRANDE VALEUR."
HM !
HMMMMM...
BOUM
HEiN ?
CLAC

QUEL EST L'IMBÉCILE QUI PÉNÈTRE DANS CETTE ZONE RADIOACTIVE...
SANS PROTECTION ?
HÉ !
NE BOUGE PAS !
tchac
SINON JE T'EXPLOSE LA TÊTE !

HMM... JE NE T'AI JAMAIS VU ICI.
T'ES PAS AU COURANT ?
CES RUINES SONT LE PRÉCIEUX JARDIN...
DE MON MAÎTRE, LORD PHILIP.
C'EST SON JARDIN, ET PERSONNE NE PEUT Y ENTRER !
ET IL N'Y A PAS D'EXCEPTION.
DÉSOLÉ.
SI TU ESSAIES DE FAIRE LE MALIN, TU VAS FINIR EN ENGRAIS !
TU T'ES DÉBARRASSÉ...
DE COMBIEN DE PERSONNES COMME ÇA ?
C'EST PAS VRAIMENT UN JEU DE BON GOÛT, TOOTOO.
PROFESSEUR GUY !?

PENDANT VOTRE LONGUE ABSENCE...
HIGHER GROUND...
A BIEN CHANGÉ, VOUS SAVEZ...
TAP コツ TAP コツ TAP コツ
LA SANTÉ DU LORD DÉCLINE...
ET CETTE FOUINE DE LASERFORD EN A PROFITÉ...
POUR EXPLOITER L'ÎLE N'IMPORTE COMMENT !
MAIS, C'EST DIFFÉRENT POUR CE JARDIN SOUTERRAIN.
DE TOUTE FAÇON, C'EST LA ZONE LA PLUS RADIOACTIVE...
ELLE HÉBERGE LE PORTE-GREFFE DU TAMARIX !
HAHAHAHAHA

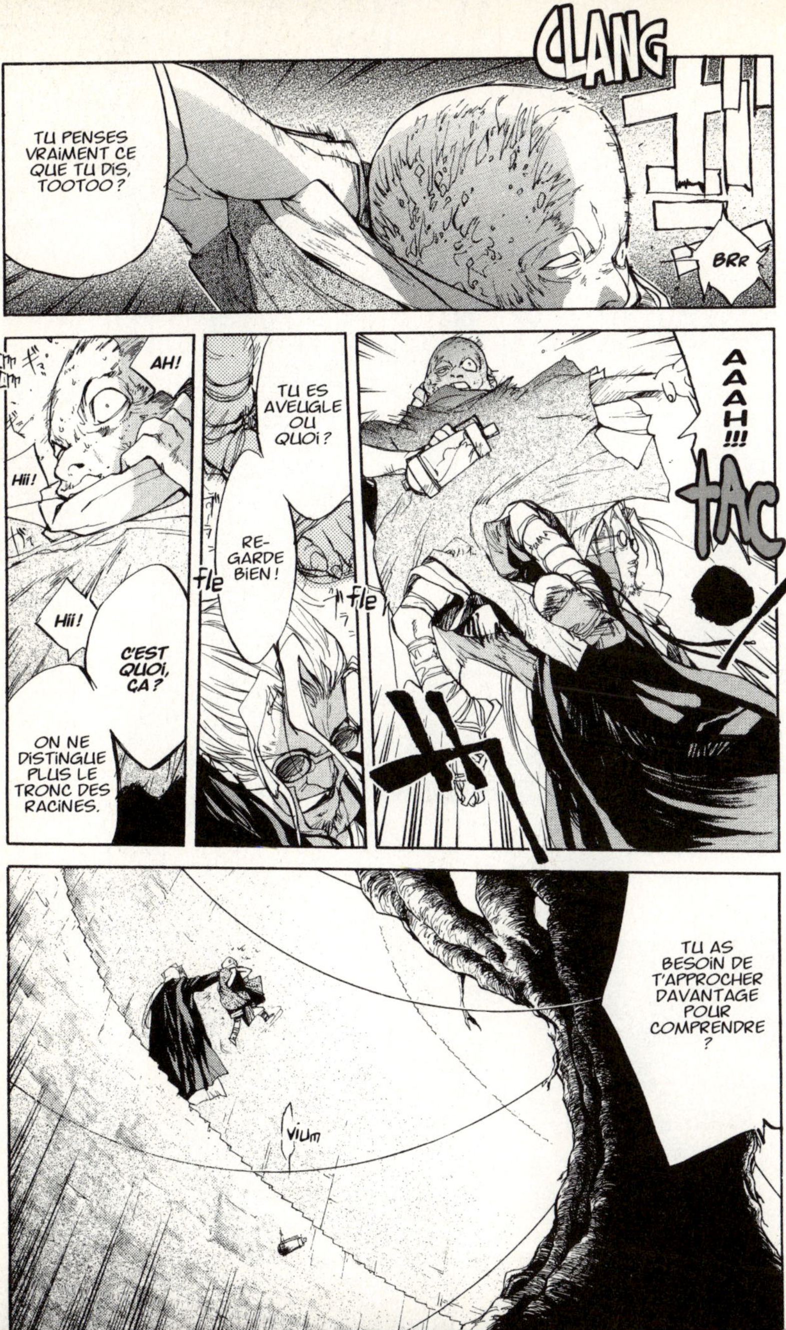
CLANG
TU PENSES VRAIMENT CE QUE TU DIS, TOOTOO ?
BRR
AAAAH!!!
TAC
TU ES AVEUGLE OU QUOI ?
RE-GARDE BIEN !
fle
fle
AH!
Hii !
Hii !
C'EST QUOI, ÇA ?
ON NE DISTINGUE PLUS LE TRONC DES RACINES.
TU AS BESOIN DE T'APPROCHER DAVANTAGE POUR COMPRENDRE ?
vium

AH...!
CRAC
VLAN
fle
BOUM
HMM...
AAAH... AÏE!
AÏE!
TAP
IL Y A PEU DE "SOUCHES MÈRES" CAPABLES DE CRÉER DES CORPS.
CELLE-CI EST EN TRAIN DE MOURIR.
TAP
IL FAUT QUE JE ME DÉPÊCHE.

AVANT QUE LE REM NE S'ÉVEILLE DE NOUVEAU...
IL FAUT QUE JE TERMINE MON TRAVAIL !

RENTRONS..
RENTRONS..
RENTRONS..
RENTRONS..

RENTRONS ENSEMBLE...
RENTRER?
C'EST À MOI QUE VOUS PARLEZ ?

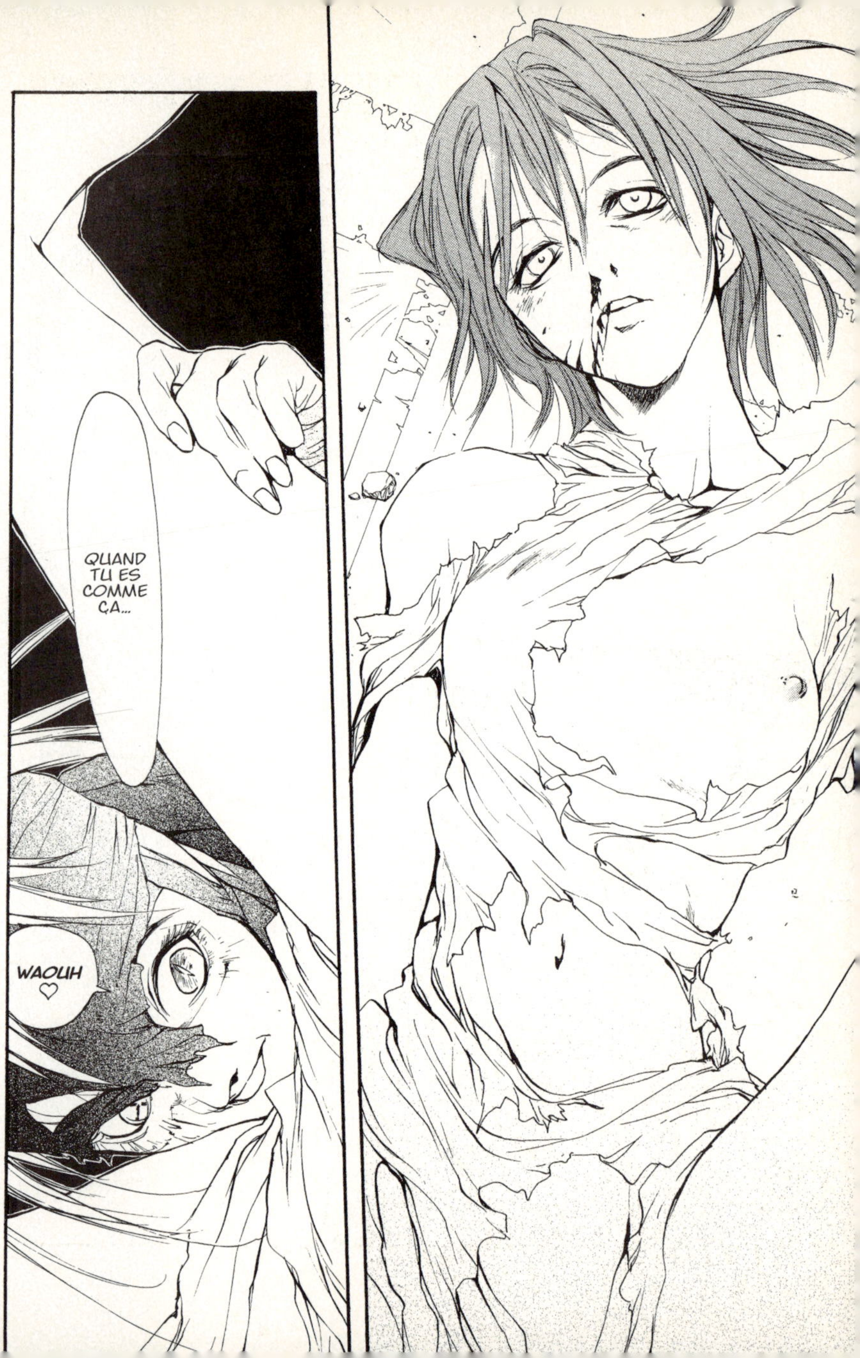
QUAND TU ES COMME ÇA...
WAOUH ♡

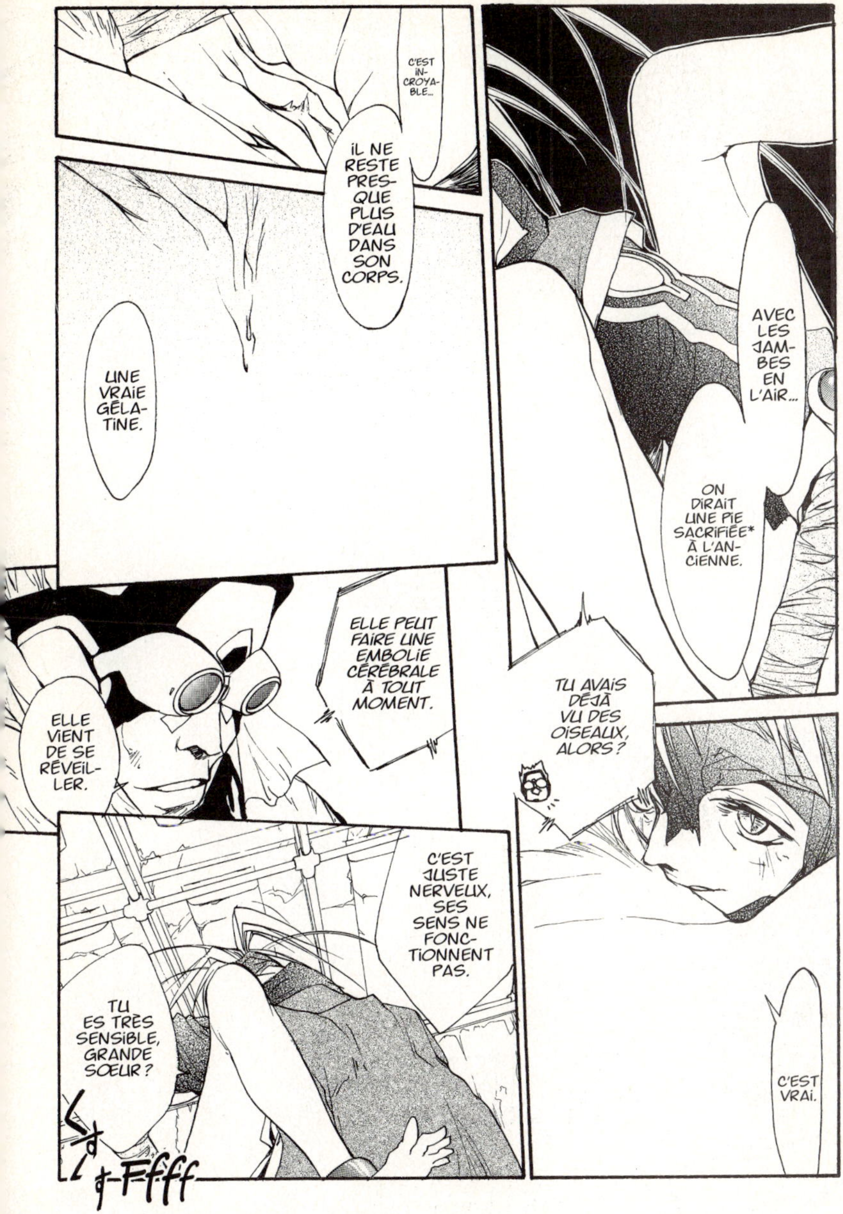

*AU JAPON, ON SACRIFIAIT DES ANIMAUX EN L'HONNEUR DES DIEUX, ENTRE AUTRES DES PIES.

OÙ ES-TUUUU ?
RAEL!!!
JE T'AVAIS DIT DE NE PAS TRAÎNER.
ÇA VA SE COMPLIQUER SI GUY DÉBARQUE.
ON CHANGE DE LIEU.
LE COPAIN DE TA SOEUR EST FURIEUX.
AAH!!!
NE ME STRESSE PAS.
PIPIPI PIPI
fst
C'EST UN TRAVAIL DÉLICAT...
!
ÇA Y EST !

C'EST PLEIN DE THROMBUS ET D'EMBOLIES... SON CERVEAU EST COMPLÈTEMENT RAMOLLI, ON FRÔLE L'ALZHEIMER.
JE SUIS ÉTONNÉE QUE SES FONCTIONS VITALES NE SOIENT PAS ENCORE ATTEIN-TES...
ZUT !
PLUSIEURS COUCHES DE VERSIONS-TESTS SONT SUPER-POSÉES...
JE NE LA TROUVE PAS...
URSU-LA !
JE N'AI PLUS DE BATTE-RIE...
ON NE VA PLUS POUVOIR COMMU-NIQUER.
OÙ ES-TU ?
OÙ ES-TU, GRANDE SOEUR ?
ARRÊTE, ÇA DEVIENT DANGE-REUX !

RAEL!!!
DES ONDES ALPHA !?
ELLE REPREND CONSCIENCE.
QUOI ?
BOUM
!?

AH...
BRR
QU'EST-CE QUI SE PASSE, URSULA!?
BRR
AAH...
BRR
AAH...
CRR
HIIIIIIIIII!!!
LES HUMEURS DE SON CORPS SE SOLIDIFIENT SUBITEMENT!?
NON, CE N'EST PAS ÇA.
COMMENT SE FAIT-IL QUE SES FONCTIONS VITALES FONCTIONNENT ALORS QUE TOUTES SES CELLULES SONT GELÉES!?
NON!!!
CRAC
CRAC
SÉPARE-TOI D'ELLE, URSULA!!!
VITE!!!

TON LIQUIDE CORPOREL CIRCULE À CONTRE-COURANT !
ELLE EST EN TRAIN DE VIDER TON CORPS !!
TON LIQUIDE CORPOREL VA SE COAGULER !!
SAUVE-TOI, URSULA !!

Chapitre 11

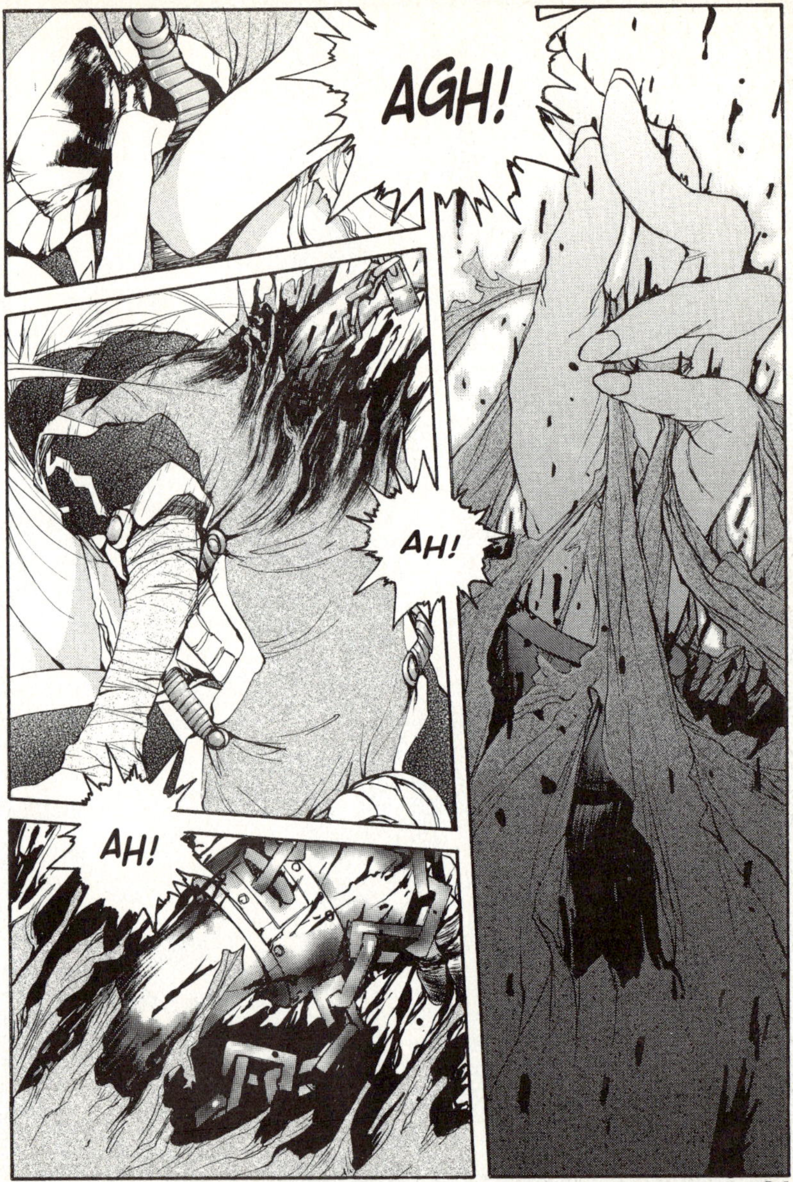
AGH!
AH!
AH!

AGH!
BRR
AH!
PFT!
BRR
RAAH!
C...
C'EST...
C'EST PAS VRAI!?
BRR
BRR
BRR
BRR
NOOOON!?
FLOP
FLOP
MOI!? JE VAIS ME FAIRE TUER!?
AAAAAAAAAAAAH!!!

TAC
NON!!!
JE NE VEUX PAS PERDRE !!!

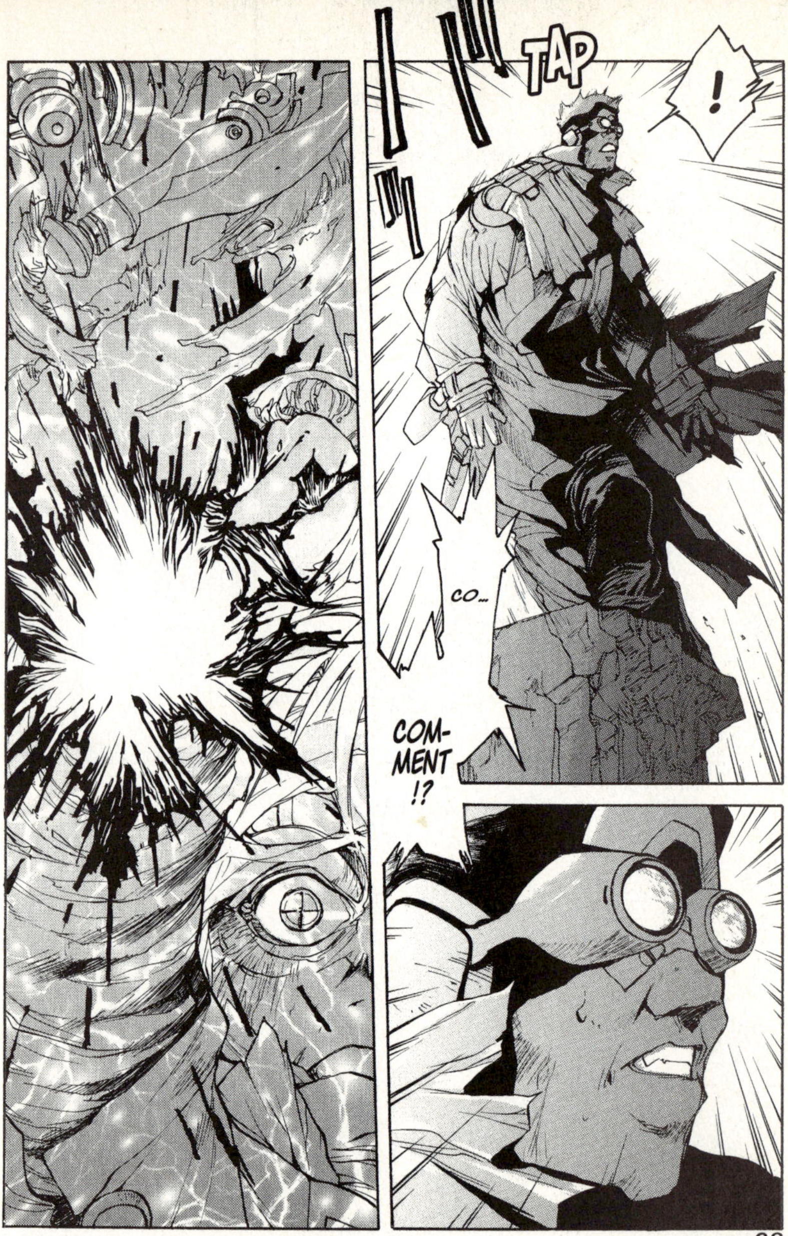

TAP
!
CO...
COM-
MENT
!?

BAOUM

QUOI?
BTAM
...!!?
SS
SS
SS
AGH... HM!
AAH...
JE N'AI RIEN VU.
AGH!
KEF!
KEF!

SS
MPF !
POURQUOI !?
SS
ELLE M'A À PEINE TOUCHÉE ET VOILÀ...
MPF !
JE NE L'AI PAS VUE BOUGER...
MPF !
CRR
CRR
POURTANT MON BRAS A QUAND MÊME ÉTÉ ARRACHÉ !!
UNE SENSATION QUE JE N'AI JAMAIS RESSENTIE AUPARAVANT.
SI ÇA CONTINUE...
!
TAP
ELLE VA ME TUER !!!

TOC
C'EST ÇA...
LE REM...
AH!
AAH!

FSSSSS

CRAAAC
TCHAC
VIUM

VIUM

BAOUM
UNE EXPLOSION !?
!
!?
GO GO GO GO
!!
CRAC

GO GO GO GO
...!
JUJU!
NON!!!
N'Y VA PAS.

MPF
MPF
MPF
MPF
Crrrrrrr
GO GOGOGO
GO
VRAIMENT...
MPF
MPF
MPF
MPF
QUEL CARNAGE!
VIUUUuum
ELLE M'A AUSSI ARRACHE LE BRAS DROIT!
JE N'AI MÊME PAS EU LE TEMPS DE LA TOUCHER!!

URSULA, TE SAUVER ÉTAIT DÉJÀ DIFFICILE...
ON A FAILLI MOURIR TOUS LES DEUX.
GO GOGOGO
C'EST DONC ÇA, LA RÉSURRECTION DU...
REM !?
AH!
Clang
BOUUM
Clang
Clang
RAEL!!!
OÙ ES-TU !?
RÉPONDS-MOI!
GO
GOGO
CLING !!!
!?
SSSSSSSSS

AAAH!
VLAN
BOUUUUUUM
CRR
CRR
CRR
CRR
CRR
AH!

CLANG
AH...
MAIS...
RAEL...
C'EST TOI ?

TU VAS BIEN ?
JE SUIS CONTENT QUE TU N'AIES RIEN.
VRAIMENT.
ICI, C'EST DANGEREUX...
MPF...
MPF...
HMM...
MPF...
HMMMMM...
RAEL...
CALME-TOI.
C'EST FINI...

REGARDE-MOI!
TOUT VA BiEN.
ON RENTRE ENSEMBLE, D'ACCORD ?
NE T'iNQUiÈTE PAS !
ON VA RENTRER ENSEMBLE.
TAP
!
FLE
AH...
HM...

J'AI...
PEUR...
J'AI... PEUR...
GO
AIDE-MOI...
GO GO GO

CLAP
Flop
MERCI ...
TAC
ET VOILÀ !
TAC
BOM

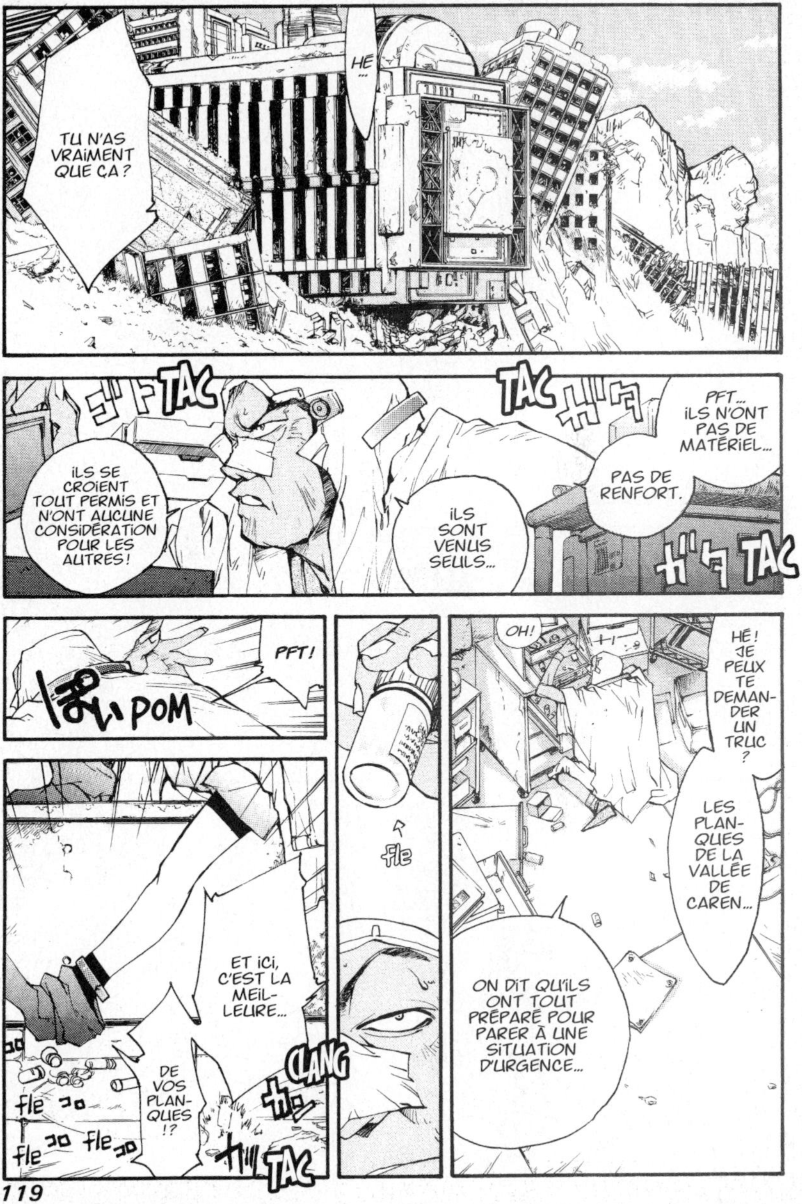
HE ...
TU N'AS VRAIMENT QUE ÇA ?
TAC
PFT... ILS N'ONT PAS DE MATÉRIEL...
PAS DE RENFORT.
TAC
ILS SONT VENUS SEULS...
ILS SE CROIENT TOUT PERMIS ET N'ONT AUCUNE CONSIDÉRATION POUR LES AUTRES !
TAC
HÉ ! JE PEUX TE DEMANDER UN TRUC ?
OH!
LES PLANQUES DE LA VALLÉE DE CAREN...
ON DIT QU'ILS ONT TOUT PRÉPARÉ POUR PARER À UNE SITUATION D'URGENCE...
fle
PFT!
POM
ET ICI, C'EST LA MEILLEURE...
DE VOS PLANQUES !?
CLANG
TAC
fle
fle
fle

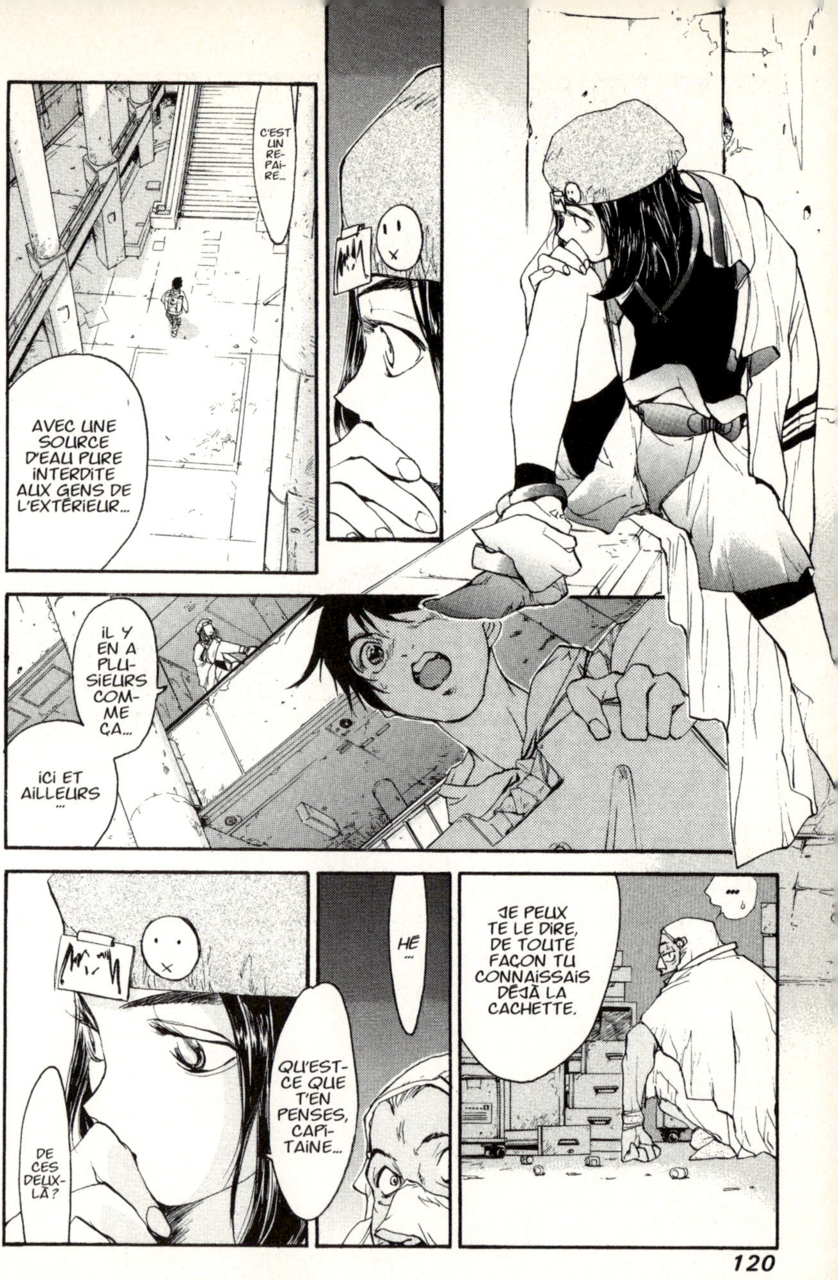
C'EST UN REPAIRE...
AVEC UNE SOURCE D'EAU PURE INTERDITE AUX GENS DE L'EXTÉRIEUR...
IL Y EN A PLUSIEURS COMME ÇA...
ICI ET AILLEURS...
...
JE PEUX TE LE DIRE, DE TOUTE FAÇON TU CONNAISSAIS DÉJÀ LA CACHETTE.
HÉ...
QU'EST-CE QUE T'EN PENSES, CAPITAINE...
DE CES DEUX-LÀ?

JUJU M'A DIT QU'ELLE NE FAISAIT PAS PARTIE DE SA FAMILLE.
ET JE NE PENSE PAS QU'IL M'AIT MENTI...
MAIS...
ON DIRAIT VRAIMENT DE VRAIS FRÈRE ET SOEUR...
...
TU TROUVES ?

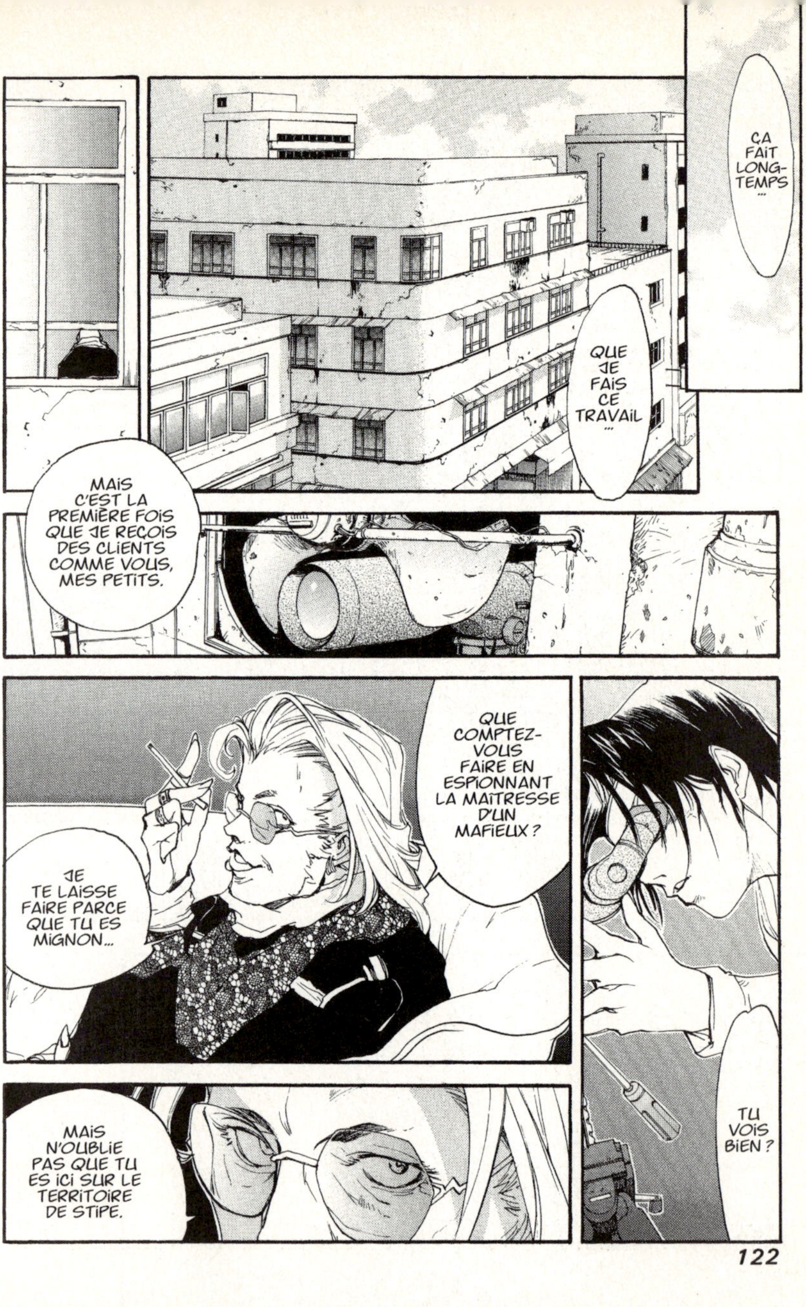
ÇA FAIT LONG-TEMPS...
QUE JE FAIS CE TRAVAIL...
MAIS C'EST LA PREMIÈRE FOIS QUE JE REÇOIS DES CLIENTS COMME VOUS, MES PETITS.
QUE COMPTEZ-VOUS FAIRE EN ESPIONNANT LA MAÎTRESSE D'UN MAFIEUX ?
JE TE LAISSE FAIRE PARCE QUE TU ES MIGNON...
TU VOIS BIEN ?
MAIS N'OUBLIE PAS QUE TU ES ICI SUR LE TERRITOIRE DE STIPE.

CELLE QU'ON VOIT DANS LE FOND, C'EST SA MAÎTRES-SE.
CELUi QUi EST ASSiS, C'EST STiPE.
C'EST LA SOEUR DE JUJU.
ANNA-MARiA MEYER...
CER-TAiNS, COMME VOUS...
DiSENT QU'iLS ONT FUGUÉ TOUS LES DEUX, LE FRÈRE ET LA SOEUR...
AH OUi ? C'EST VRAi, ÇA ?
MAiS TU VOiS ...
Hmmm
STiPE ViENT LA VOiR TOUS LES JOURS.
ET...
ELLE EST SA PROS-TiTUÉE ATTi-TRÉE.
ELLE N'EST PAS DANS UN BORDEL !
ELLE EST DANS UN FOYER !
UNE SORTE D'HÔPiTAL.
HAHAHA
TU ES DURE !!

ILS ONT PERDU LEURS PARENTS TRÈS TÔT.
ET ILS N'AVAIENT PAS DE FAMILLE.
PERSONNE NE POUVAIT S'OCCUPER D'EUX... STIPE LES A PRIS SOUS SON AILE.
PEUT-ÊTRE QU'IL VOULAIT DEVENIR LEUR GRAND FRÈRE ♡
MAIS, C'EST DOMMAGE QUE SON PETIT FRÈRE L'AIT TRAHI...
C'EST VRAI.
PFFT...
BEN VOYONS.
MES PETITS, VOUS DEVRIEZ CHERCHER UNE AUTRE PISTE.
VOUS ÊTES TRÈS BIEN...
RENSEIGNÉE.
MAIS AU FAIT...
CES DEUX-LÀ...
ÇA FAIT UN MOMENT QU'ILS SONT LÀ...
MAIS ILS NE FONT RIEN.
TOI AUSSI, TU TROUVES ÇA BIZARRE ?
CELA NOUS A FRAPPÉS AUSSI.

ÇA FAIT 1 HEURE QU'ILS NE PARLENT PAS.
PARFOIS IL S'ASSOIT ET NE BOUGE PLUS.
IL NE SE PASSE ABSOLUMENT RIEN.
ÇA DÉPASSE LE STADE DE L'AMOUR PLATONIQUE.
C'EST TROP BIZARRE.
JE VOIS...
IL EN PREND GRAND SOIN...
ALORS...
S'IL LUI ARRIVAIT QUELQUE CHOSE, À CETTE FILLE...
IL Y A DE FORTES CHANCES POUR QUE ÇA FASSE DES HISTOIRES, NON ?
MAIS...
QU'EST-CE QUE TU RACONTES ?
C'EST IMPOSSIBLE.

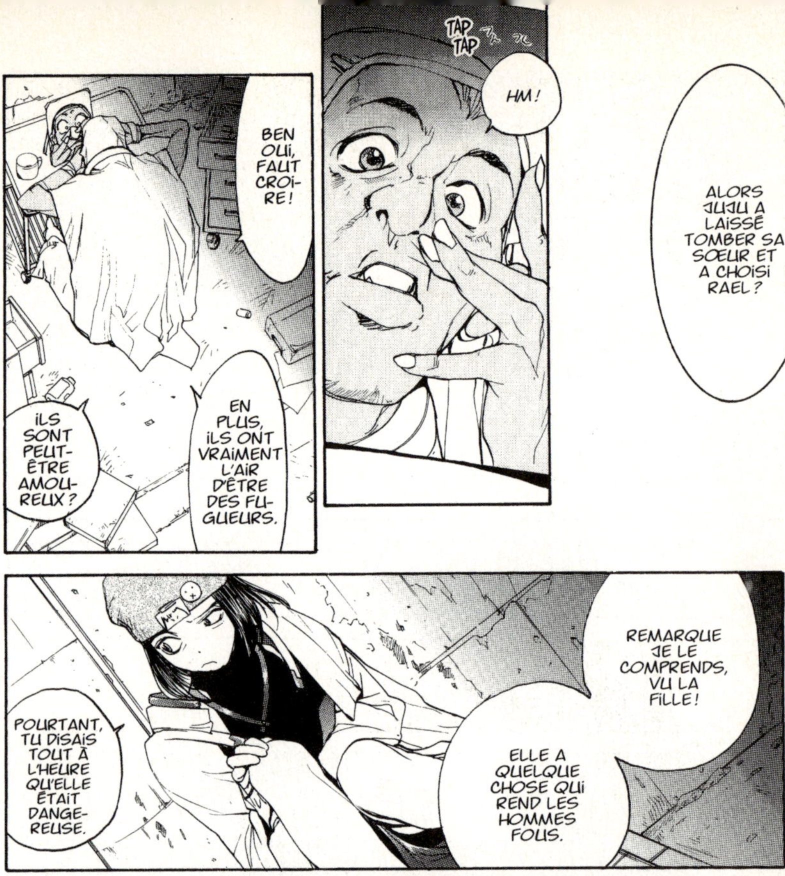
ALORS JUJU A LAISSÉ TOMBER SA SOEUR ET A CHOISI RAEL ?
TAP TAP
HM !
BEN OUI, FAUT CROIRE !
EN PLUS, ILS ONT VRAIMENT L'AIR D'ÊTRE DES FUGUEURS.
ILS SONT PEUT-ÊTRE AMOUREUX ?
REMARQUE JE LE COMPRENDS, VU LA FILLE !
ELLE A QUELQUE CHOSE QUI REND LES HOMMES FOUS.
POURTANT, TU DISAIS TOUT À L'HEURE QU'ELLE ÉTAIT DANGEREUSE.
TU NE COMPRENDS PAS.
LES HOMMES AIMENT ÊTRE ENIVRÉS PAR LE PARFUM DU DANGER.
LES BELLES ROSES ONT DES ÉPINES ♡
ELLE EST DU GENRE À METTRE TA VIE EN DANGER.
OUI, LE RISQUE EST UNE CHOSE...
L'AMOUR EN EST UNE AUTRE.

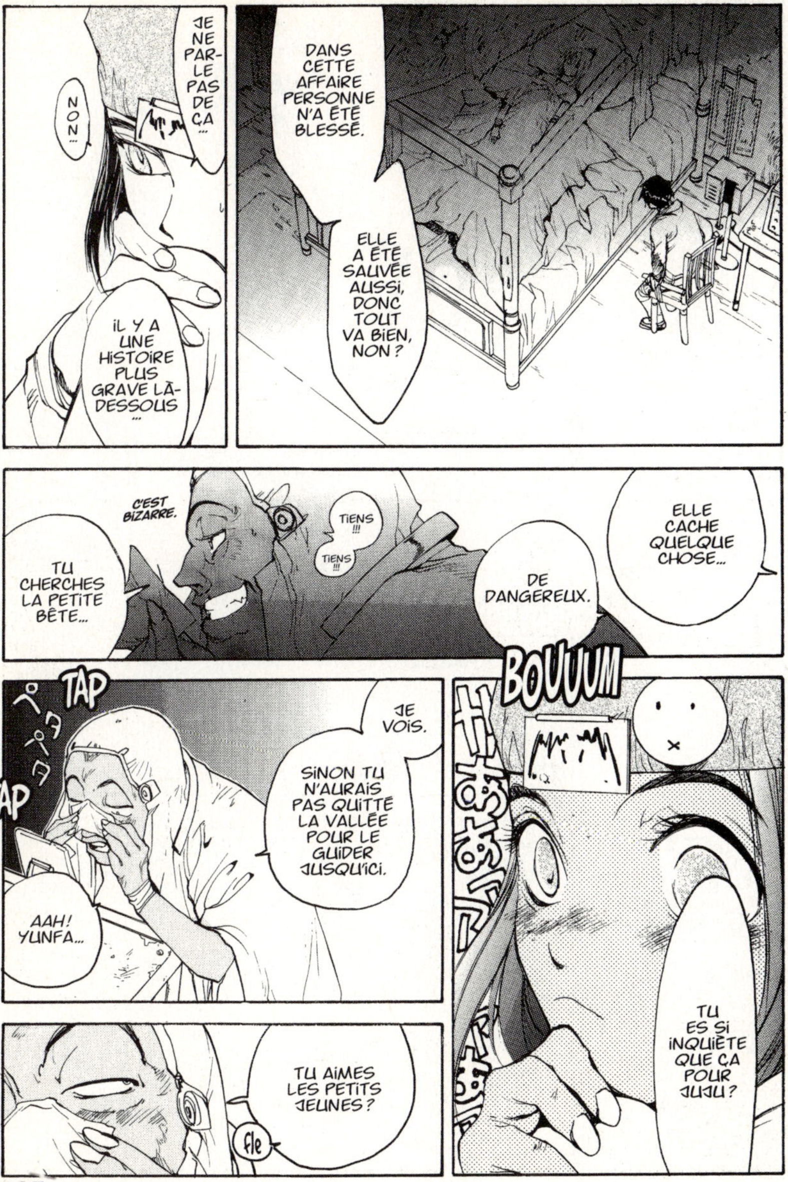
DANS CETTE AFFAIRE PERSONNE N'A ÉTÉ BLESSÉ.
ELLE A ÉTÉ SAUVÉE AUSSI, DONC TOUT VA BIEN, NON ?
JE NE PAR-LE PAS DE ÇA...
NON...
IL Y A UNE HISTOIRE PLUS GRAVE LÀ-DESSOUS...
ELLE CACHE QUELQUE CHOSE...
DE DANGEREUX.
TIENS !!!
TIENS !!!
C'EST BIZARRE.
TU CHERCHES LA PETITE BÊTE...
BOUUUM
TU ES SI INQUIÈTE QUE ÇA POUR JUJU ?
JE VOIS.
SINON TU N'AURAIS PAS QUITTÉ LA VALLÉE POUR LE GUIDER JUSQU'ICI.
TAP
TAP
AAH! YUNFA...
TU AIMES LES PETITS JEUNES ?
fle

BAM
AAAAAAAH
BOM
AïïïE! AïïïE!
ÇA VA PAS OU QUOI!?
ÇA COMMENÇAIT SEULEMENT À GUÉRIR...
TAIS-TOI!
AÏE!
AÏE!
Hiiii
PFT!
PITIE...
CRAC
CRAC

JUJU, ON Y VA...
ON LUI DIT AU REVOIR...
UN DERNIER AU REVOIR.
AU REVOIR...
IL FAUT DIRE AU REVOIR À MAMAN...
ALLEZ.
SI TU NE LE FAIS PAS BIEN, MAMAN VA ÊTRE TRISTE.
POURQUOI?
PARCE QUE MONSIEUR STIPE A DIT...
QUE BIENTÔT...
MAMAN NE SERAIT PLUS LÀ.

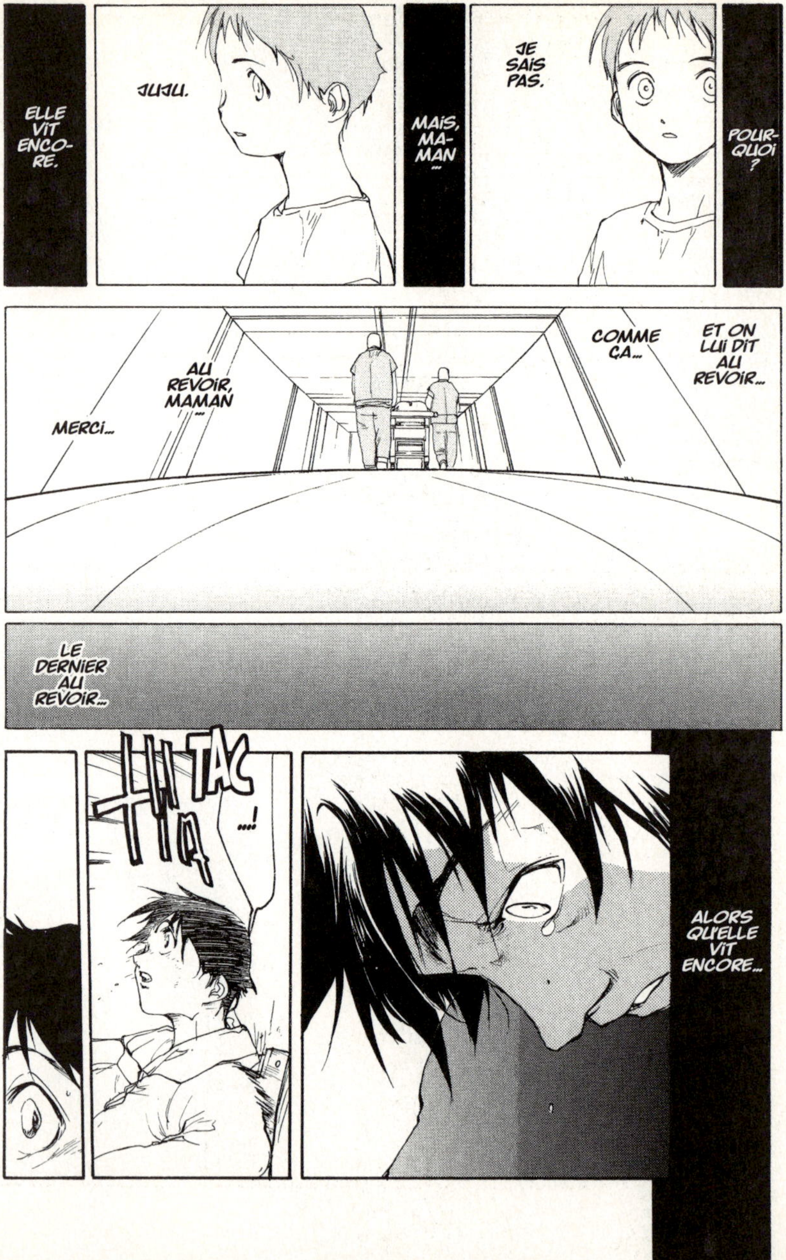
POURQUOI ?
JE SAIS PAS.
MAIS, MAMAN ...
JUJU.
ELLE VIT ENCORE.
ET ON LUI DIT AU REVOIR...
COMME ÇA...
AU REVOIR, MAMAN ...
MERCI...
LE DERNIER AU REVOIR...
ALORS QU'ELLE VIT ENCORE...
TAC
TIQ
...!

!
AH...
TIENS ?
RAEL...
HM...
RAEL ?
OÙ...
EST...
TAP
OÙ EST-ELLE PASSÉE !?
RAEL !!!
NON !!!

RAEL!!!
!

RAEL!!!
flop
QU'EST-CE QUE TU FAIS!?
C'EST DANGE-REUX!
C'EST PROFOND PAR LÀ, SI TU GLISSES...
HEEEEEE!!!
OÙ...
SPLASH
SPLASH
MÊME SI TU VAS PAR LÀ...
OÙ VAS-TU?
SPLASH
BLURP
IL N'Y A RIEN.

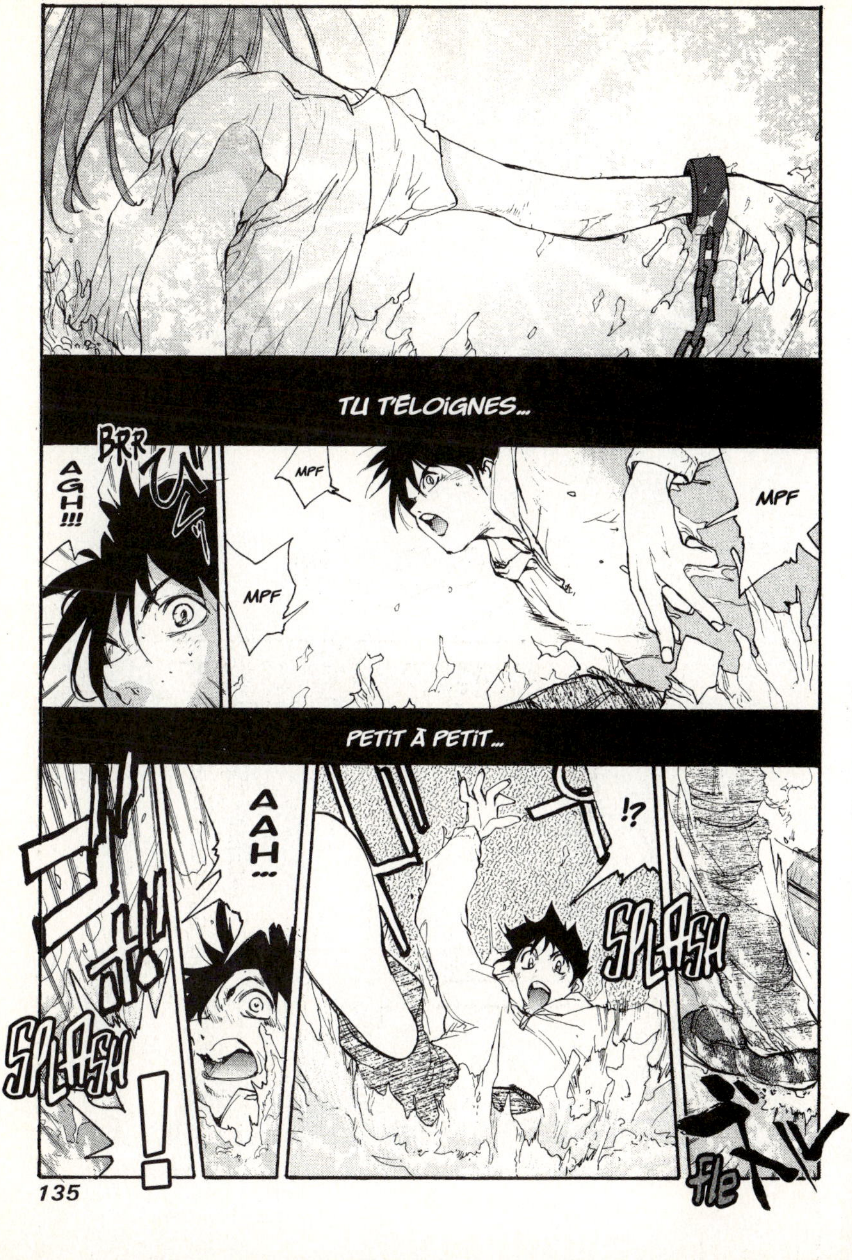

TU T'ÉLOIGNES...
MPF
MPF
MPF
BRR
AGH!!!
PETIT À PETIT...
FILE
!?
SPLASH
AAH...
!
SPLASH

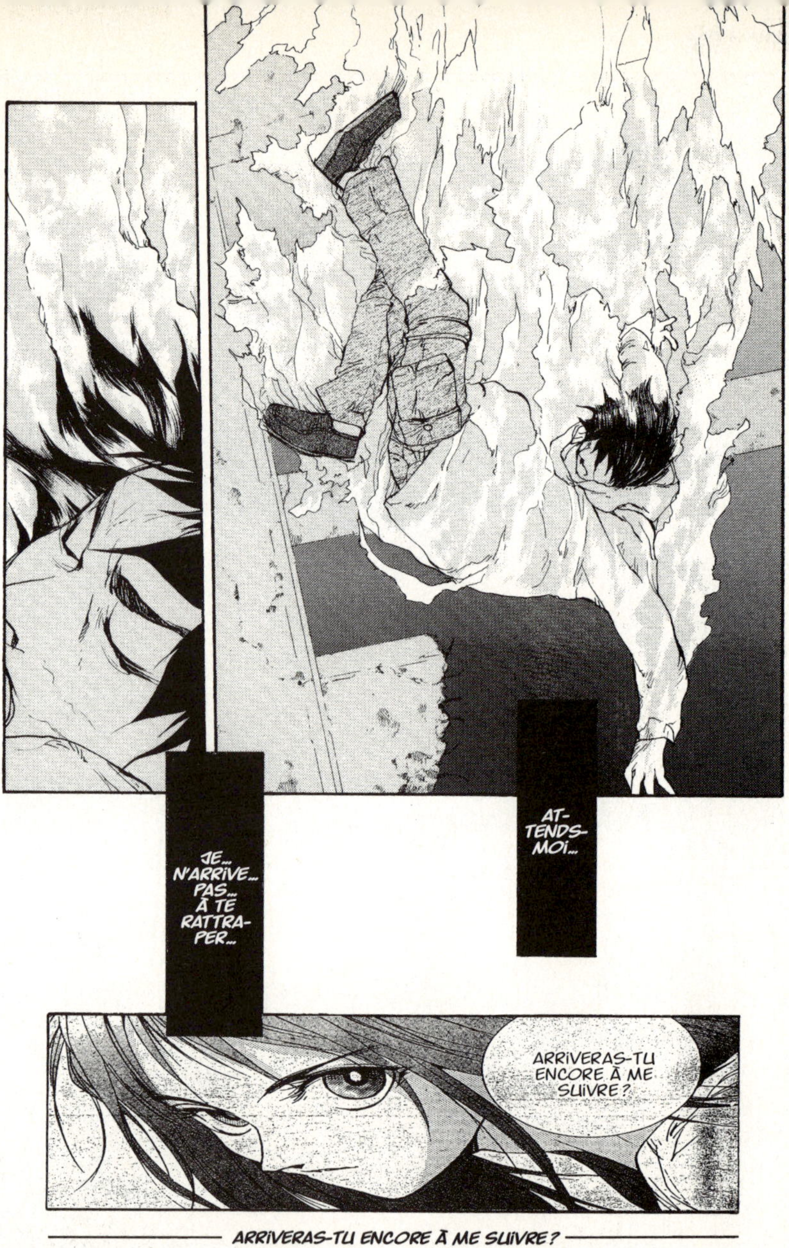

ARRIVERAS-TU ENCORE À ME SUIVRE ?

RAEL!!!
BLURP

BLURP
TAC

QU...
QU'EST-CE QUE...
TU VOULAIS FAIRE ?
KEF KEF!
Ff!
AGH...
Ff!
Ff!
!?
Ff!
Ff!
Ff!
Ff!
GRRR!
CLING
HE!
ON AURAIT PU MOURIR !!
ON AURAIT PU SE NOYER...
TU SAIS QUE C'EST DANGEREUX !?

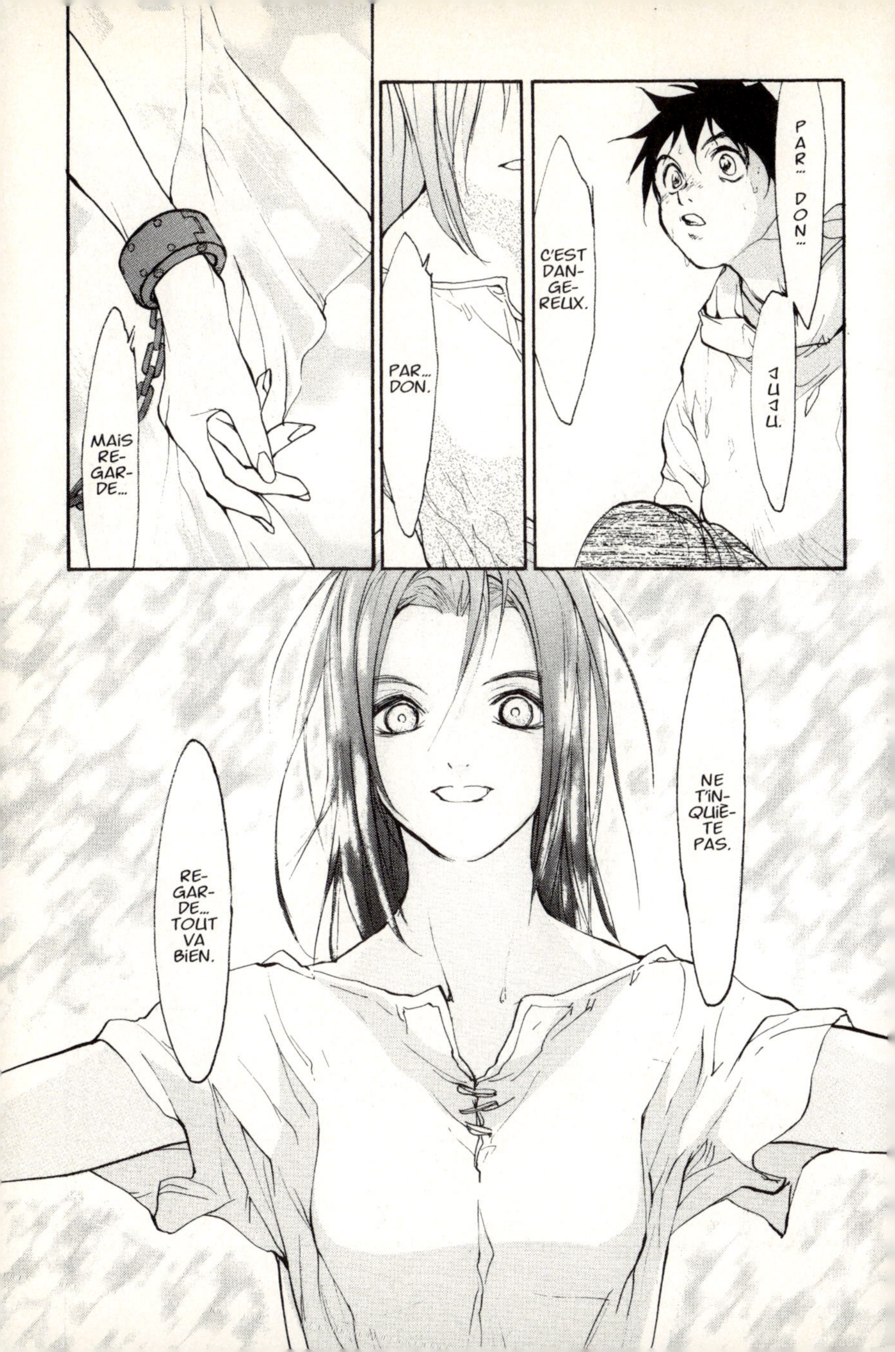
PAR… DON…
JUJU.
C'EST DANGEREUX.
PAR… DON.
MAIS REGARDE…
NE T'INQUIÈTE PAS.
REGARDE… TOUT VA BIEN.

JE SUIS LÀ, JUJU.
FLE
C'EST...
C'EST BIEN...
RAEL...

Chapitre 13

LA BOUTIQUE DE PANCHO A AUSSI ÉTÉ ATTAQUÉE ?
CE N'EST PAS UN FANTÔME, C'EST BIEN JUJU !
...
TU NE ME CROIS PAS, HEIN ?
CE NE SONT PEUT-ÊTRE QUE DES RACONTARS ?
JE VIENS DE TE LE DIRE, C'EST PAS UNE BLAGUE.
JE CONNAIS DES COLLÈGUES QUI SE SONT FAIT ATTAQUER.
JUJU EST TOUJOURS EN VIE !
FORCE IN KILOS
DANS CE CAS...
PANCHO S'EST FAIT AVOIR PAR UN GOSSE TOUT SEUL ?
NON.
IL PARAIT QU'ILS SONT 3 OU 4.

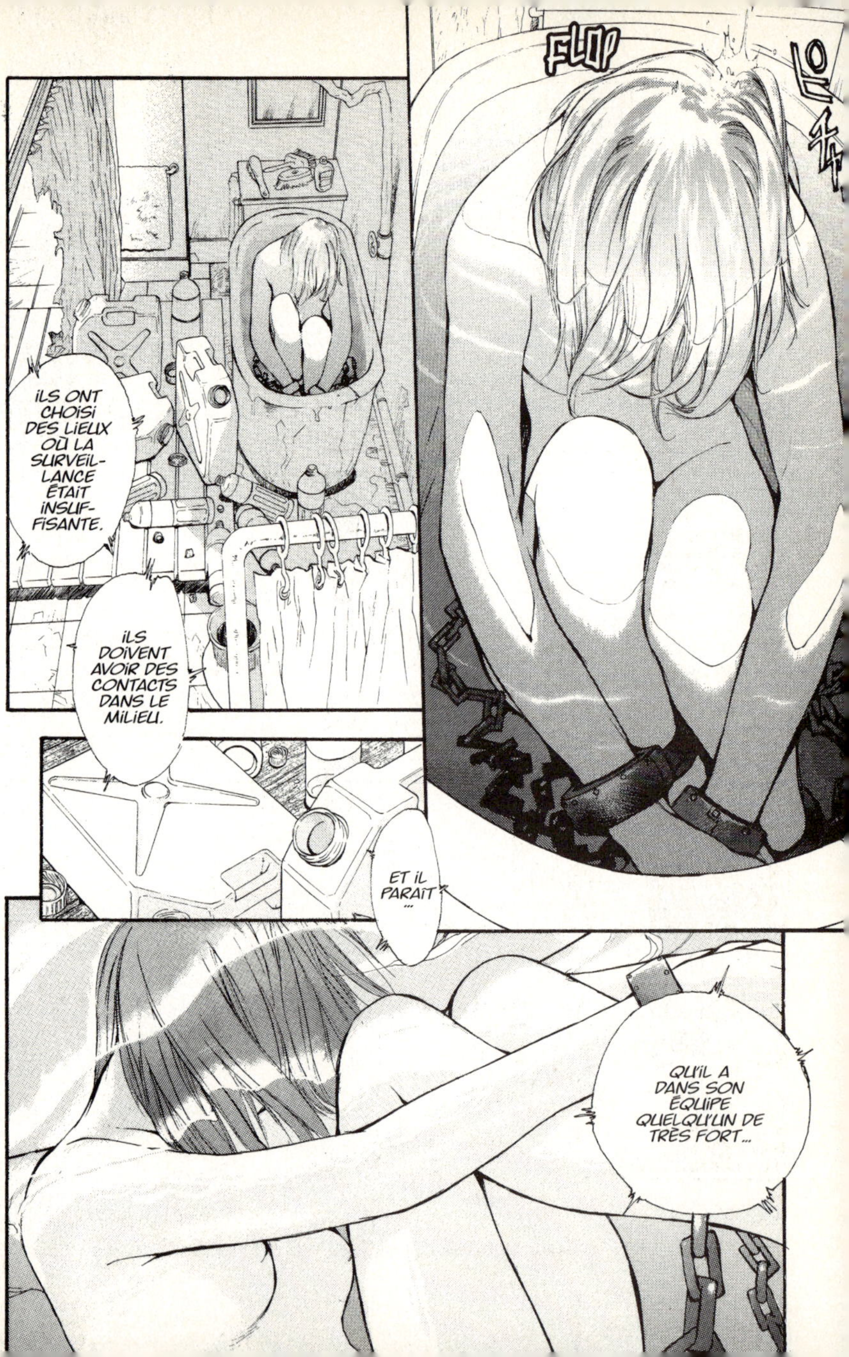
FLOP
ILS ONT CHOISI DES LIEUX OÙ LA SURVEIL-LANCE ÉTAIT INSUF-FISANTE.
ILS DOIVENT AVOIR DES CONTACTS DANS LE MILIEU.
ET IL PARAÎT...
QU'IL A DANS SON ÉQUIPE QUELQU'UN DE TRÈS FORT...

SS
tchac
C'EST PEUT-ÊTRE DES CONNERIES, PEUT-ÊTRE PAS...
CRR
J'ESPÈRE JUSTE QUE LE PROCHAIN, ÇA NE SERA PAS MOI !
O.K., J'AI COMPRIS... JE FERAI ATTENTION.
MERCI POUR L'INFO.
SALUT...
CLING

HÉ...
C'EST QUOI, ÇA ?
J'AI FAIT CE QUE TU M'AS DIT, COMME SI DE RIEN N'ÉTAIT.
JUJU ! ALORS C'EST QUOI, CE TRUC !?
JE N'AI PAS DU TOUT PARLÉ DE VOUS.
POURQUOI CETTE GAMINE POINTE UN FLINGUE SUR MOI !?
DÉSOLÉ, KEISUN.
CE SERA BIENTÔT TERMINÉ.

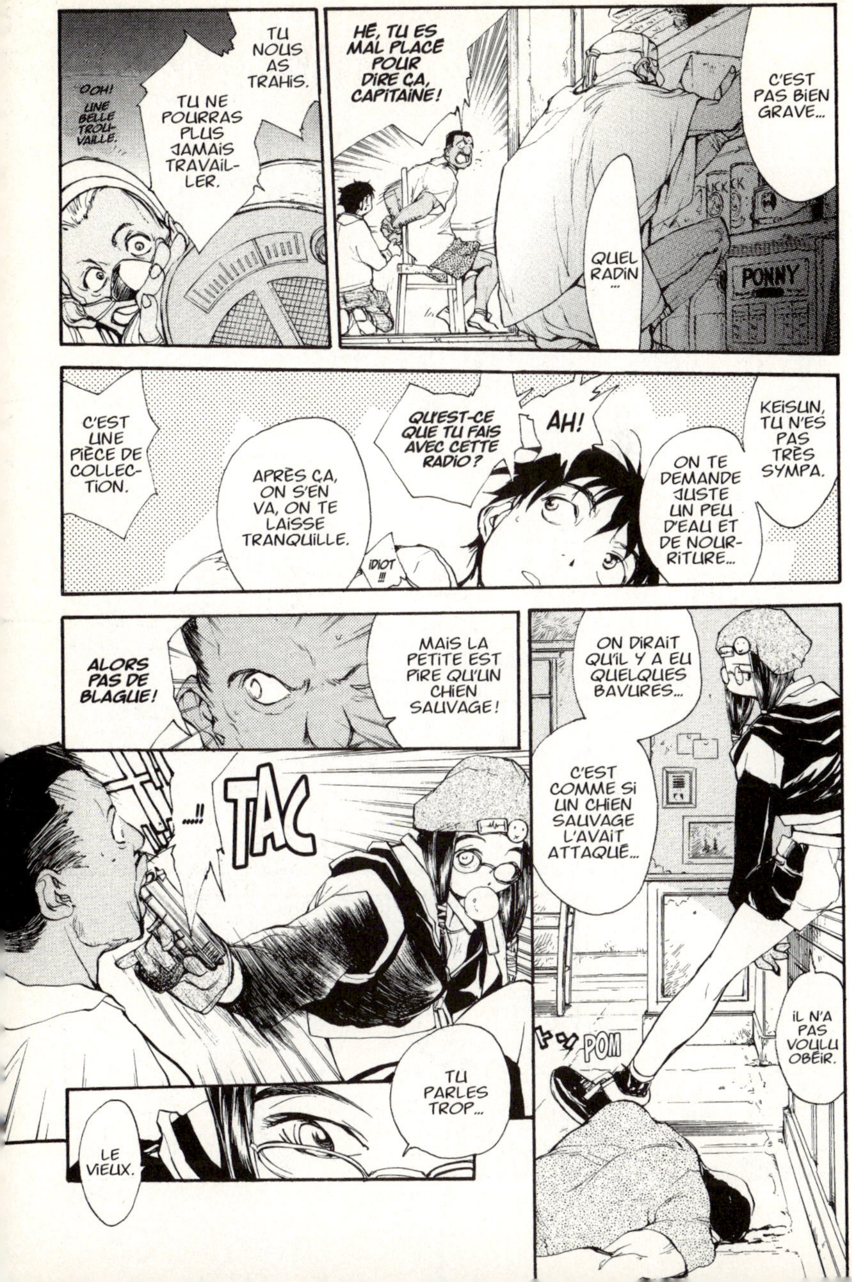
C'EST PAS BIEN GRAVE...
QUEL RADIN...
HÉ, TU ES MAL PLACÉ POUR DIRE ÇA, CAPITAINE!
TU NOUS AS TRAHIS.
TU NE POURRAS PLUS JAMAIS TRAVAILLER.
OOH! UNE BELLE TROUVAILLE.
KEISUN, TU N'ES PAS TRÈS SYMPA.
ON TE DEMANDE JUSTE UN PEU D'EAU ET DE NOURRITURE...
AH!
QU'EST-CE QUE TU FAIS AVEC CETTE RADIO?
IDIOT!!!
APRÈS ÇA, ON S'EN VA, ON TE LAISSE TRANQUILLE.
C'EST UNE PIÈCE DE COLLECTION.
ON DIRAIT QU'IL Y A EU QUELQUES BAVURES...
C'EST COMME SI UN CHIEN SAUVAGE L'AVAIT ATTAQUÉ...
IL N'A PAS VOULU OBÉIR.
POM
MAIS LA PETITE EST PIRE QU'UN CHIEN SAUVAGE!
ALORS PAS DE BLAGUE!
TAC
...!!
TU PARLES TROP...
LE VIEUX.

Hii
ARRÊTE, YUNFA.
IL NE FAUT PAS QUE TU ENTRES DANS LE JEU DU CAPITAINE...
QU'EST-CE QUE ÇA VEUT DIRE ?
BTAM
!
!?
AH!
EUUUH...
MON... MONSIEUR KEISUN... M'A DEMANDÉ...
DE LUI APPORTER ÇA RAPIDEMENT...
ALORS C'EST CE QUE J'AI FAIT...
JE ME SUIS DÉPÊCHÉ...
...
BEN, ENTRE!
EUUH...
MERCI, MON PETIT, T'AS FAIT DU BON TRAVAIL.
BRR
ON EST EN PLEINE DISCUSSION...
ALORS, JE VAIS LE PRENDRE À SA PLACE.
D'ACCORD ?
OOOH!!!
C'EST UN GROS PAQUET, ÇA...

QU'EST-CE...
AAAAH!
VLAAN
TAC
AH!
TAP
VLAAN

TCHAC
ON NE BOUGE PLUS!!
VOUS ÊTES TOMBÉS DANS LE PANNEAU.
HA HA HA HA!!!
TAC
J'AVAIS ENTENDU PARLER DE CES BRAQUAGES DEPUIS UN MOMENT.
ON VOUS ATTENDAIT...
MAIS QUE VOUS TOMBIEZ SI BIEN DANS LE PANNEAU!
QU'EST-CE QUE T'EN DIS, JUJU!?

STIPE AUSSI TE CHERCHE.
ON VA ENFIN POUVOIR RENTRER.
AVEC BIEN SÛR LA PETITE-FILLE DE PHILIP QUE TU AS KIDNAPPÉE.
ON N'A PAS BESOIN DES AUTRES.
AH!
ALORS ?
VOUS L'AVEZ TROUVÉE, OUI OU NON ?
HEIN ?
CE N'EST PAS ELLE, LA PETITE-FILLE DE PHILIP ?
MA PAROLE, VOUS ÊTES DES IMBÉCILES!
PFT!
!
VOUS AVEZ ÉTÉ VOIR DANS LA GRANGE DU FOND!?
NON... MAIS ...
SS

JU... JU ?
QU'EST-CE QUE VOUS FAITES ?
CES GENS ...
CE SONT TES AMIS ?
NON !
NON, RAEL !
NE FAIS RIEN !
SURTOUT NE FAIS RIEN !
TAC
TAC
TAC
TAC
...
QU...
QU'EST-CE QUE VOUS FAITES ?

C'EST ELLE...
VITE!
ATTRAPONS-LA!!
TAC
BTAAAAM
VIUUM
CRAC
OOH!
CRAC
AAH!
CRAC
CRAC
CRAC
!?
HEIN !?
CRAC
AH!
AH!
AH!
CRAC
AAH!

TAC
AH!
NON!!
TAC
TAC
TAC
TAC
TAC
ARRETEZ!!!
Si ELLE MEURT, ELLE NE SERVIRA PLUS À RIEN!
¡IMBE-CILES!
BOM
!?
QUOi?
AAAAAAAH!!!
!
AH
MAiS...
TAC
TAC TAC
VIUM
!?
tac
CRAAAAC

HE...
HEE !!!
BAM
BAM
TAC TAC TAC TAC
QU'EST-CE QUI SE PASSE !?
BAM
BAM
IM...
IMBECILES !!!
JE VOIS RIEN ...
VIUM VIUM
VLAN
BTAM
TAC
...!?
HEIN ?!

C'EST FINI !
FAIS ATTENTION À CE QUE TU FAIS.
SI TU LA METS EN COLÈRE, TU ES MORT.
kef !
kef !
!
!?
ARRÊTE, PETIT !
CALME-TOI.
LÂCHE CE FLINGUE !
TAP
?
BRR
BRR
BRR
TU VAS TE FAIRE TUER AUSSI !!
BRR
BRR
BRR
BRR
TAC
NON... RAEL !

IL NE FAUT PAS!
BRR TiL
BRR TiL
TiL BRR
TOi AUSSi ...
TU VAS ...
ME TIRER DES-SUS ?
NOOOON!!!
CLiC

"AVE MARIA" PAROLES DE GINGER KUNITA.

RASSURÉES, VOUS POURREZ DORMIR JUSQU'AU MATIN...
VOUS QUI ÊTES BANNIES...
OH, VIERGES...
ÉCOUTEZ LA TRISTESSE...
RAEL ?
DE CES VIERGES...
MÈRE, ÉCOUTE TES ENFANTS QUI SONT TRISTES...
BONJOUR, JUJU.

ÇA FAIT UN MOIS QU'ON S'EST ENFUIS...
ET PARCE QU'ON EST RECHERCHÉS...
POUR SURVIVRE...
ON A RECOURS À LA VIOLENCE, SANS SAVOIR DE QUOI EST FAIT LE LENDEMAIN...
LA RADIO...
ELLE TE PLAIT ?
OUI.
ON Y ENTEND PLEIN DE MOTS.
ET IL Y A AUSSI PLEIN DE SONS.
C'EST DRÔLE.
LA CHANSON DE TOUT À L'HEURE...
TU LA CONNAISSAIS DÉJÀ ?
NON.
DEPUIS CE JOUR, PETIT À PETIT...
ELLE A COMMENCÉ À PARLER.
J'AI JUSTE FAIT COMME LA RADIO.
JE L'ENTENDS POUR LA PREMIÈRE FOIS.
MAIS JE NE COMPRENDS PAS LES PAROLES.
EUH...
QUAND LES SONS MONTENT ET DESCENDENT COMME ÇA...
C'EST UNE CHANSON, NON ?

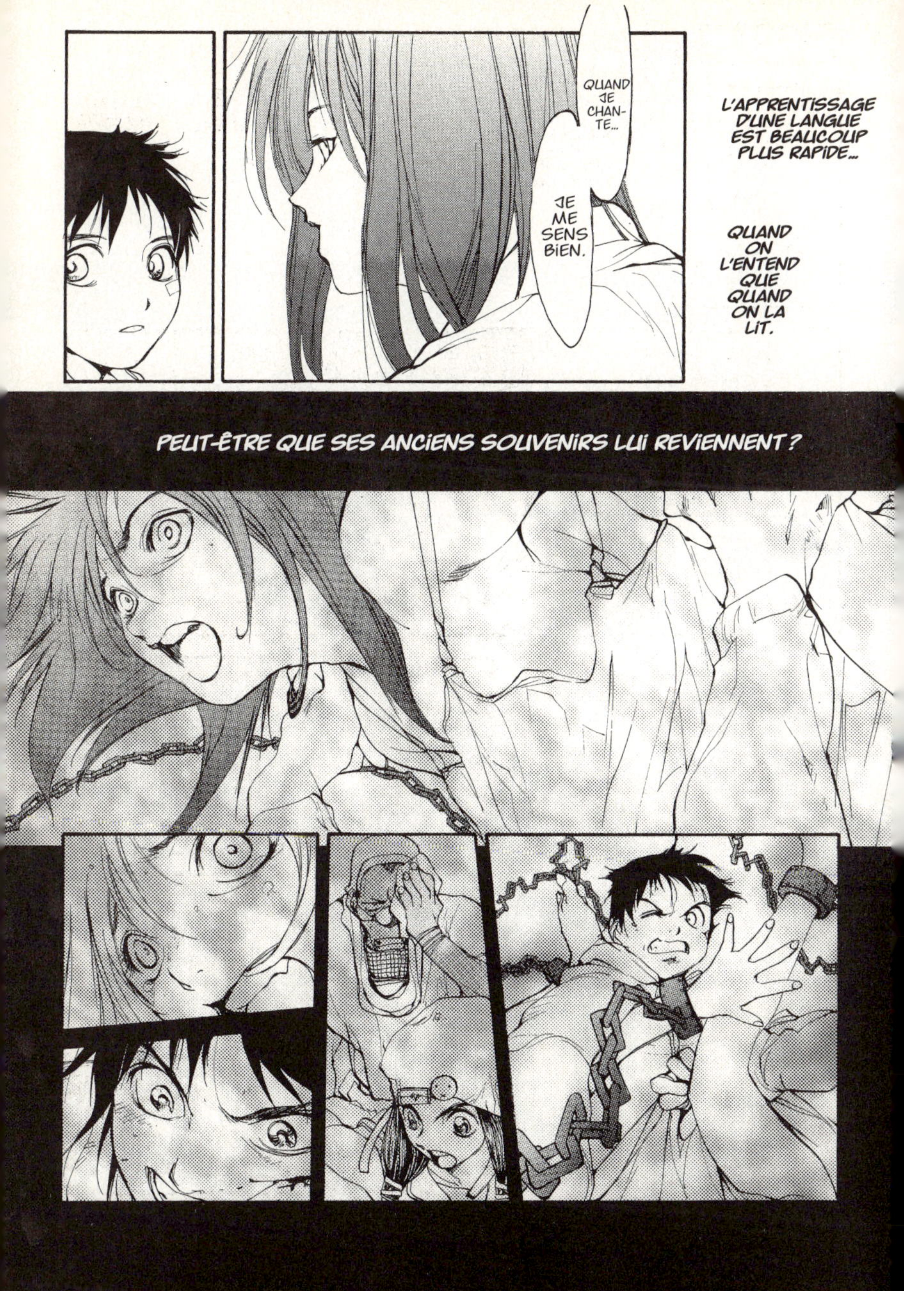
L'APPRENTISSAGE D'UNE LANGUE EST BEAUCOUP PLUS RAPIDE...
QUAND ON L'ENTEND QUE QUAND ON LA LIT.
QUAND JE CHANTE...
JE ME SENS BIEN.
PEUT-ÊTRE QUE SES ANCIENS SOUVENIRS LUI REVIENNENT ?

LA CRISE QU'ELLE A EUE, C'EST PEUT-ÊTRE À CAUSE DE ÇA ?
ON A EU DE LA CHANCE QUE LA BALLE NE T'AIT PAS TOUCHÉE.
TU NE LUI AS PAS FAIT MAL.
MAIS TOI...
JE ME SUIS DIT...
QUE TU M'AVAIS ÉCOUTÉ ET ÇA M'A FAIT PLAISIR.
CE N'ÉTAIT QU'UN ENFANT APRÈS TOUT...

ON VOLE POUR VIVRE...
MAIS JE SUIS MAL PLACÉ POUR PARLER DE MORALE...
HAHAHA
JUJU, TU N'ARRÊTES PAS DE T'INQUIÉTER POUR LES AUTRES.
HEIN ?
TU T'INQUIÈTES TOUJOURS POUR MOI AUSSI.
TU DIS QU'IL NE FAUT PAS BLESSER LES AUTRES...
NE PAS FAIRE DES CHOSES DANGEREU-SES.
NON...
C'EST QUE...
ENFIN...
SI ON SE BAT...
ON SE FAIT DU MAL...
ET PERSONNE N'AIME AVOIR MAL.
MAIS SI TON ADVER-SAIRE EST SANS DÉFENSE...
OU QU'IL EST BEAUCOUP PLUS FAIBLE QUE TOI...

TU PEUX LE BLESSER PLUS QUE NÉCESSAIRE.
IL EST MÊME POSSIBLE QUE TU LE TUES !
ALORS...
SI JAMAIS JE ME BLESSE BEAUCOUP...
JE PEUX MOURIR AUSSI ?
!?
QUAND JE ME BATS, JE NE PENSE PAS À ÇA.
L'AUTRE M'ATTAQUE ALORS J'ATTAQUE AUSSI.
C'EST TOUT.
T'ES DRÔLE, JUJU.
TU T'INQUIÈTES TOUT LE TEMPS POUR LES AUTRES.
MAIS J'AIME BIEN.

JUSQU'À PRÉSENT, IL Y A JUSTE DEUX PERSONNES...
QUI SE SONT INQUIÉTÉES POUR MOI.
C'EST MONSIEUR PHILIP ET TOI.
ALORS JE TE CROIS.
PUISQUE C'EST TOI QUI LE DIS, JUJU...
C'EST QUE ÇA DOIT ÊTRE VRAI.
C'EST PARCE QUE TU M'AS DIT DE NE PAS LE TUER...
QUE JE NE LUI AI RIEN FAIT.

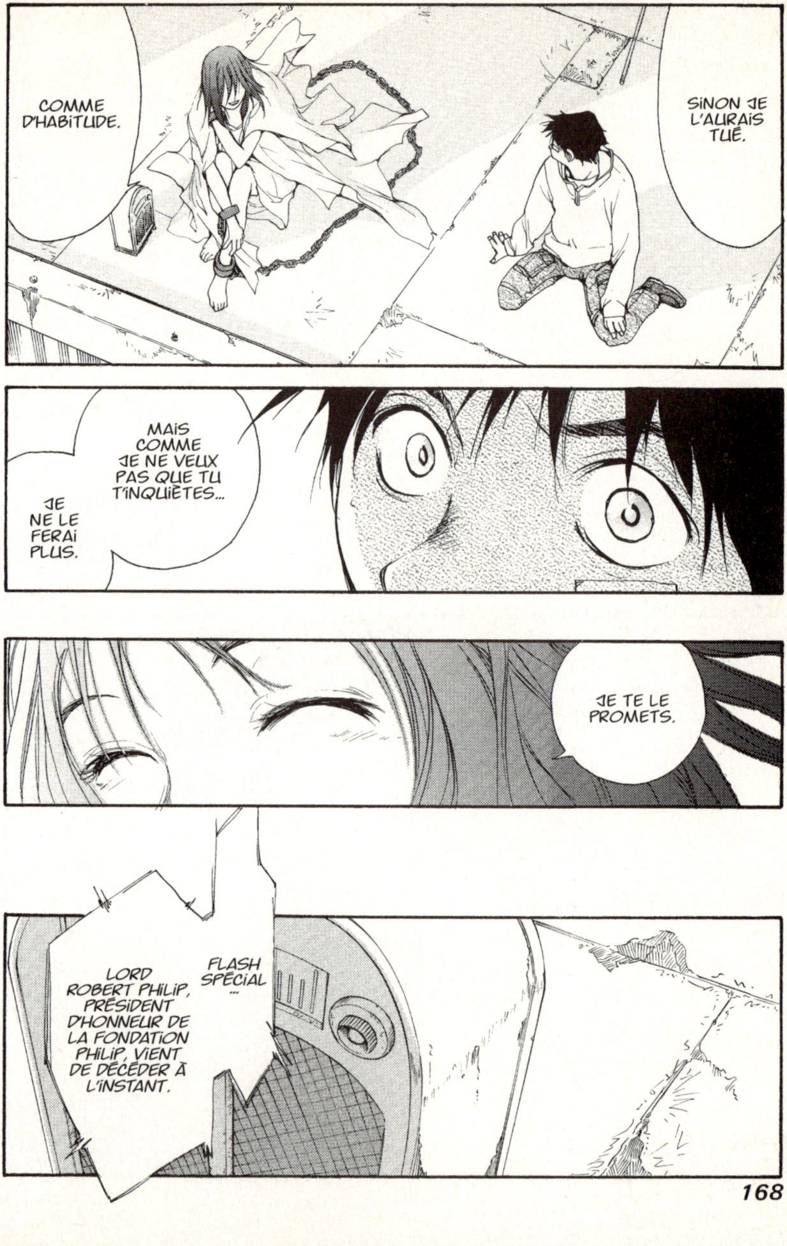
SINON JE L'AURAIS TUÉ.
COMME D'HABITUDE.
MAIS COMME JE NE VEUX PAS QUE TU T'INQUIÈTES...
JE NE LE FERAI PLUS.
JE TE LE PROMETS.
FLASH SPÉCIAL ...
LORD ROBERT PHILIP, PRÉSIDENT D'HONNEUR DE LA FONDATION PHILIP, VIENT DE DÉCÉDER À L'INSTANT.

Chapitre 14

TUUUUT
GOOOOOO
FSHHHHHHHHHT
TCHAC
GOOOOO
FSH
FSH
FSH
FSH
FSH
FSH
FSH

GOOOOOO
TAC
CLANG
CLANG
CLANG
HÉ...
YUNFA !
SS
TU POURRAIS ARRÊTER DE FAIRE LA TÊTE MAINTENANT ?
VIUUM
CLANG
AH!
ON NE DIRAIT PAS MAIS ELLE EST RANCUNIÈRE.
CLANG
C'EST MAUVAIS SIGNE.
CLANG
Y A PAS D'ÂGE POUR ÊTRE HYSTÉRIQUE...
JE JETTE L'ÉPONGE.
CLANG
CLANG

カタン
CLANG
POUR ENTRER DANS WEST SEA, ON A BESOIN DE L'AIDE DE YUNFA...
CLANG
カタン
TU M'ÉCOUTES ? JUJU !
COUCOU !
EUH...
OUI, OUI.
IL FAUT ATTENDRE QUE ÇA LUI PASSE...
fle
カタン
CLANG
FSH
ゴトン
FSH
ゴトン
ゴトン
FSH
CLANG
カタン
PFT !
CLANG
カタン

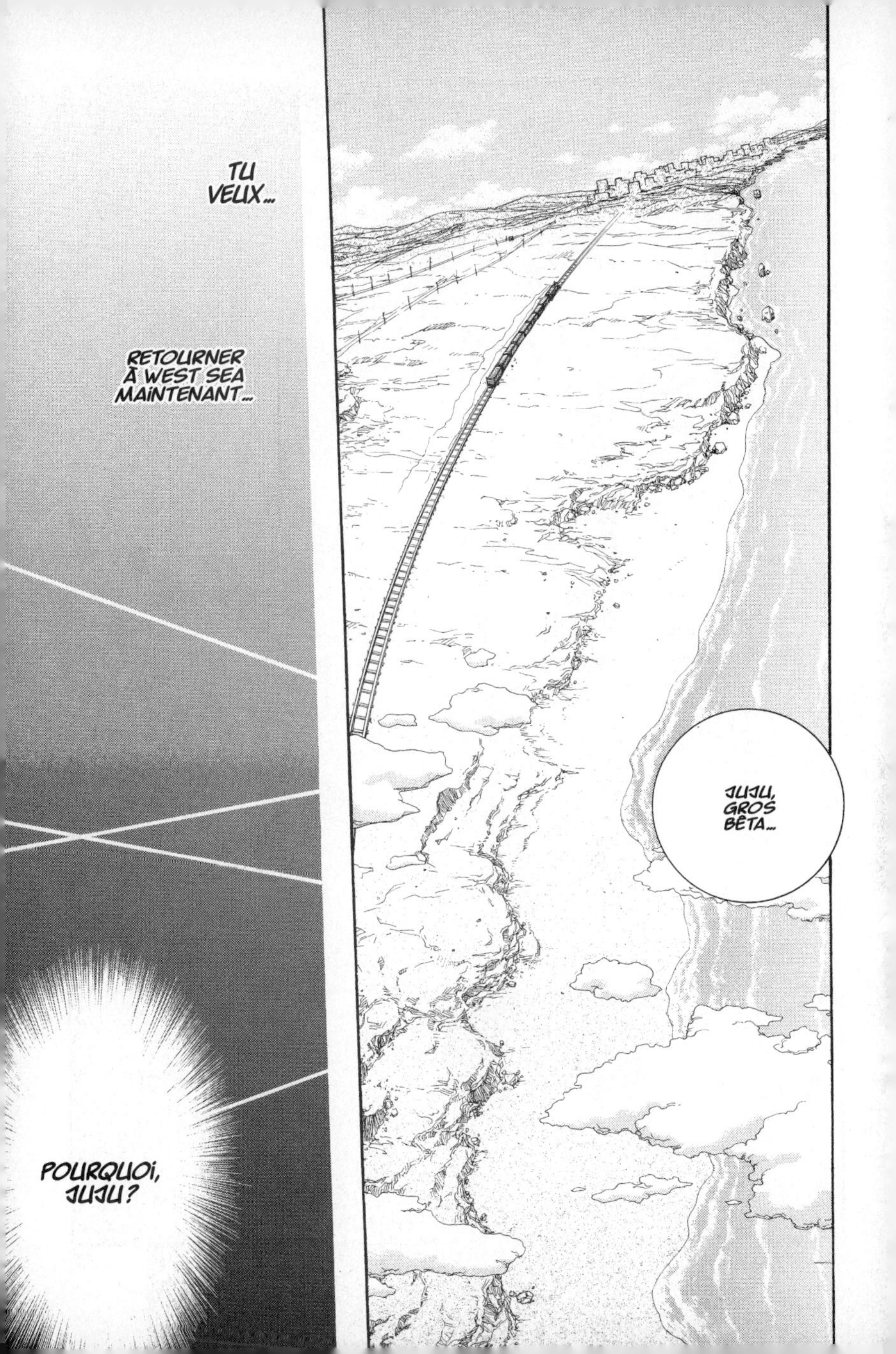
JUJU, GROS BÊTA...
TU VEUX...
RETOURNER À WEST SEA MAINTENANT...
POURQUOI, JUJU ?

VOUS VOULEZ ASSISTER À L'ENTERREMENT DE LORD PhiLiP !!?
VOi-LÀ...
JE TE L'AVAIS DiT.
ALLEZ !!!
DU CALME.
LAISSE-NOUS T'EXPLiQUER.
D'ACCORD ?
MÊME Si AUCUN LiEN DE SANG NE LES RELiE...
POUR RAEL, LORD PHiLiP EST SA SEULE FAMiLLE.
C'EST COMME Si SON GRAND-PÈRE ÉTAIT MORT.
ON EST RECHERCHÉS ! Si ON VA EN ViLLE...
ON EST CONSCiENTS QUE ÇA PEUT POSER DES PROBLÈMES.
MAiS CE SERAIT AFFREUX QU'ELLE NE PUiSSE MÊME PAS LUi DiRE AU REVOiR, NON ?

BREF, ON AIMERAIT QU'ELLE VOIE SON GRAND-PÈRE UNE DERNIÈRE FOIS.
JUJU, TU PENSES LA MÊME CHOSE ?
C'EST...
C'EST QUE...
MAIS BIEN SÛR!
JUJU EST DU MÊME AVIS!
QUAND ON COMPREND RAEL, C'EST NORMAL DE RÉAGIR COMME ÇA...
JE PARLE À JUJU, PAS À TOI!!

Si ON SE REND EN VILLE, ON PREND NOUS-MÊMES LE RISQUE DE SE FAIRE PRENDRE...
CE TYPE EST UN POURRI CAPABLE DE CHANGER D'AVIS TOUT LE TEMPS...
Si ÇA SERT SON INTÉRÊT !
C'EST MOI, LE POURRI ?
JE NE VEUX PAS ENTENDRE SON BARATIN.
CE QUE JE VEUX SAVOIR...
C'EST CE QUE TU RESSENS VRAIMENT, JUJU !
ET, JUJU...
PEUT-ÊTRE QUE TU NE VAS PAS ME CROIRE MAIS...

DEPUIS QUELQUE TEMPS...
ELLE RETROUVE...
PETIT À PETIT SA MÉMOIRE.
SI DES BRIBES DE SON PASSÉ...
POUVAIENT LUI PERMETTRE DE RECOUVRER ENTIÈREMENT LA MÉMOIRE...
SI LES SOUVENIRS DE L'ENDROIT OÙ ELLE A GRANDI, DE LORD PHILIP POUVAIENT SERVIR DE DÉCLENCHEUR...

JE VEUX BIEN PRENDRE TOUS LES RISQUES...
SI LE COEUR VIDE DE RAEL...
PEUT REDEVENIR COMME CELUI QU'ELLE AVAIT AUTREFOIS...
EN FAIT...
JE ME DEMANDE SI CE N'EST PAS MIEUX QU'ELLE RETOURNE SUR SON ÎLE...
HE...
OH!
QU'EST-CE QUE TU RACONTES? TU NE DEVRAIS PAS DIRE ÇA!!
JE SUIS DÉÇUE.

ALORS QUE TU ÉTAIS SI FIER...
QUAND L'AUTRE DEVIENT SÉRIEUX, TU PRENDS PEUR ET TU ABANDONNES ?
...!
TU ES SI FAIBLE ?
PFT!
CRR
カァ
PFT!
FAITES CE QUI VOUS PLAÎT!
ÇA NE ME REGARDE PAS.
FLE
HEIN ?
HE! ATTENDS!!!
YUNFA!?
QU'EST-CE QUE TU VEUX DIRE!?
POURQUOI TU PARLES D'ABANDONNER...
CLANG
ガタ
HÉÉÉ
CLANG
ガタ
TAC
AH!

TAP
HEEE!
YUNFA!
TU DIS QUE ÇA NE TE REGARDE PAS MAIS...
QU'EST ...
QU'EST-CE QUE TU VAS FAIRE!?

QU'EST-CE QUE JE SUIS EN TRAIN DE FAIRE ?
YUNFA!!!
JE SUIS VRAIMENT STUPIDE...

GO GO GO GO GO GO GO GO
...
DIRE QUE C'EST LA PREMIÈRE FOIS QUE JE VAIS EN VILLE...
J'AI HOOOO-OONTE!
J'Y SUIS PEUT-ÊTRE ALLÉE UN PEU FORT AVEC JUJU...

BOUM
AAAAAAH!
fshhh
AH...
AÏÏÏE...
AÏIIE...
HE!
AÏÏÏE...
TOI!!!
ÇA VA?
BOUM BOUM
ÇA NE VA PAS!!
AAH
...
flop flop
flop
AAH!
AAH!
NE BOUGE PAS!
TAC
TAC
TAC

CLANG
CLANG
FSHHHH
CLANG
VLAN
PFT...
fuuuuut
FATIGUEE
clang clang
clang clang clang
GRRRRRRR
JE N'AI PAS À ÊTRE IMPRESSIONNÉE PARCE QUE TU ES LÀ!
POURTANT JE LE SUIS!! POURQUOI !?
ELLE FAIT VRAIMENT CELLE QUI NE COMPREND RIEN...
ELLE A DU CULOT.
CLANG
CLANG
CLANG
RAEL
HM...
MA...

MADEMOISELLE...
YUN...
YUNFAA.
ARRÊTE, C'EST BIZARRE.
MADEMOISELLE YUNFA.
PAS LA PEINE DE DIRE MADEMOISELLE...
APPELLE-MOI YUNFA.
YUNFA...
APPELLE-MOI...
YUNFA.
QU'EST-CE QU'ELLE ME VEUT ?
APPELLE-MOI YUNFA.
YUNFA...
TU N'AIMES PAS JUJU ?
BOUM
POURQUOI TU ME DEMANDES ÇA ?

TIA= CLANG TIA= CLANG TIA= CLANG TIA= TIA=
PARCE QUE TU ES TOUJOURS FÂCHÉE...
TU AS UNE TÊTE TRÈS EN COLÈRE.
C'EST...
... PAS LA QUESTION D'AIMER OU PAS...
JE SUIS FÂCHÉE PARCE QU'IL EST INDÉCIS !
INDÉCIS ?
OUI, C'EST ÇA !
ÇA M'ÉNERVE DE LE VOIR COMME ÇA.
BRR
BRR
IL N'ARRIVE PAS À SE DÉCIDER...
C'EST VRAIMENT PITOYABLE !
TAC
C'EST POUR ÇA...
TU COMPRENDS?
OU
OUI.
FLE
MONSIEUR PHILIP DISAIT...
QUAND ON EST FÂCHÉ ENVERS QUELQU'UN, C'EST QU'ON S'INQUIÈTE VRAIMENT POUR LUI.
?
HEIN ?
TOI AUSSI, TU ES BIZARRE.
TU VAS RESTER LONGTEMPS AVEC JUJU ?
AVEC CET EMPOTÉ !

J'AI CONFIANCE EN JUJU.
ALORS JE VAIS RESTER AVEC LUI POUR TOUJOURS !
C'EST UNE DÉCLARATION D'AMOUR...
POURQUOI JE ROUGIS ?
ET TOI, YUNFA, JE T'AIME EN TROISIÈME.
PFFFFFFT
HEIN ?
QUOI ?
QU'EST-CE QUE TU DIS !?
ÇA T'EMBÊTE D'ÊTRE APRÈS JUJU ?
MAIS NON !

UNE FILLE INCOMPRÉHENSIBLE COMME TOI...
JE TE DÉTESTE EN DEUXIÈME, JUSTE APRÈS JIJIU !
HEIN ?
EN PLUS, TU ES TRÈS VIOLENTE.
JE DÉTESTE AUSSI LE FAIT QU'ON NE PUISSE PAS TE LE REPROCHER, SOUS PRÉTEXTE QUE C'EST DE L'AUTODÉFENSE.
CLANG
CLANG
AH BON ?
CLANG
AH BON ?
CLANG
AH BON ? AH BON ?
JE CROIS QU'ELLES S'AMUSENT BIEN, TOUTES LES DEUX.
CLANG

TAC
LE FLEURISTE ?
IL N'Y A PAS DE FLEURS NI MÊME DE MAUVAISES HERBES PAR ICI !

MAIS...
IL Y A UNE ENSEIGNE DE FLEURISTE.
TU VOIS...
LE BÂTIMENT BLANC LÀ-BAS...
TU ENTRES DEDANS ET AU FOND...
IL Y A UNE ENSEIGNE "FLEURISTE JADE"...
C'EST LA MAISON D'UNE PROSTITUÉE.
IL PARAÎT QU'ELLE NE TRAVAILLE QU'AVEC LES HABITANTS DU GHETTO.
TU DEVRAIS T'EN MÉFIER.
TAC
AH!...
MAIS...
ATTENDS UN PEU.

SI TU VEUX...
MOI, JE VEUX BIEN DE TOI POUR LA MOITIÉ DE SON PRIX.
JE N'AI RIEN À FAIRE.
MPF
ALORS ?
MPF
PFFFT !
IL Y A ENCORE DES TYPES QUI VEULENT ALLER LÀ-BAS...
ILS SE SONT DONNÉ LE MOT OU QUOI ?
GRAT GRAT
C'EST LE TROISIÈME AUJOURD'HUI.
DOMMAGE.

*FLEURISTE JADE

CHAPITRE 15

LA CÉRÉMONIE FUNÈBRE OFFICIELLE DE LORD ROBERT PHILIP, PRÉSIDENT D'HONNEUR DE LA FONDATION PHILIP DÉCÉDÉ HIER...
VA SE DÉROULER LE 30, À MIDI, SUR L'ÎLE DE HIGHER GROUND.
JE T'AI DIT...
NON.
LE MAIRE DE WEST SEA, RONALD DECKER, LORS D'UNE RÉUNION SPÉCIALE...
A DÉCLARÉ QU'IL AIDERAIT AUX PRÉPARATIFS DE LA CÉRÉMONIE.
OOH!!!
CRR
MAIS...
CRR
IDIOT.
CRR

JADE...
MPF
"LA DISPARITION DE LORD PHILIP EST UNE GRANDE PERTE POUR WEST SEA..."
TU N'AS PAS LA PÊCHE.
"SANS SON SOUTIEN...
VLAN
AAAH!
TOI...
LA RECONSTRUCTION APRÈS LES CATASTROPHES N'AURAIT PAS PU ÊTRE ENTREPRISE..."
TAC

"C'ÉTAIT UNE PERSONNALITÉ...
... ET AUSSI..."
... UN AMI DE LONGUE DATE..."

"JE VOUDRAIS DIRE UNE PRIÈRE EN SA MÉMOIRE."

ゴト
BTAM
HÉ, PATRON !
IL EST TOUT FAIBLE.
IL EST MORT ?
IL NE FALLAIT PAS LE TUER ! TU NOUS DONNES DU TRAVAIL SUPPLÉMENTAIRE.
DANI N'AIME PAS ÇA.
ON NE VA PAS LE DÉRANGER PENDANT QU'IL S'AMUSE.

ON FAIT NOTRE BOULOT, C'EST TOUT.
ÇA FAIT PARTIE DU TRAVAIL.
MÊME LES HOMMES DU GHETTO ONT LE DROIT DE SE PAYER DES FEMMES.
C'EST SÛR.
PATRON.
ÇA NE S'OUVRE PAS.
TAC
LAISSE ÇA.
ON REGARDERA ÇA TRANQUILLEMENT PLUS TARD.
IL FAUT D'ABORD SE DÉBARRASSER DE CE CADAVRE.
HÉ...
PATRON !
IL EST ENCORE EN VIE.
A...
ARRÊTEZ...
TOUCHEZ PAS...
NE...
À ÇA...
?
QUOI ?
TCHAC

AAAH!!!
BAM
BAM
BAM
MAIS…
MAIS…
QU'EST-CE QUE T'AS FAIT ?
CLIC
THIP
POURQUOI TU LUI AS TIRÉ DESSUS ?
ON AURAIT PU SAVOIR CE QU'IL Y AVAIT DANS LA VALISE…
ON VERRA QUAND ON L'OUVRIRA…
ON FAIT QUOI SI C'EST DES CHOSES QUI CRAIGNENT…
SS
IL EXISTE UN ORDRE DANS LES CHOSES.
MAIS…
NE FAITES PAS N'IMPORTE QUOI…
CRR
MAINTENANT QUE VOUS ÊTES DANS LE GHETTO.
VOUS ALLEZ DEVOIR SUIVRE LES RÈGLES DE CHEZ NOUS.
!?
ET C'EST…

TAP
NE TOUCHEZ PAS À ÇA...
ELLE VAUT PLUS QUE VOS VIES RÉUNIES...
QUOI ?
MAIS...
C'EST...
C'EST...
UN MONSTRE !?
QU'EST-CE QUE TU RACONTES ?
JE NE COMPRENDS PAS CE QUE TU DIS.
IMBÉCILE !

CETTE VALISE EST...
TAC
AAAH!
AGH!
MPF!
AH!
BAM

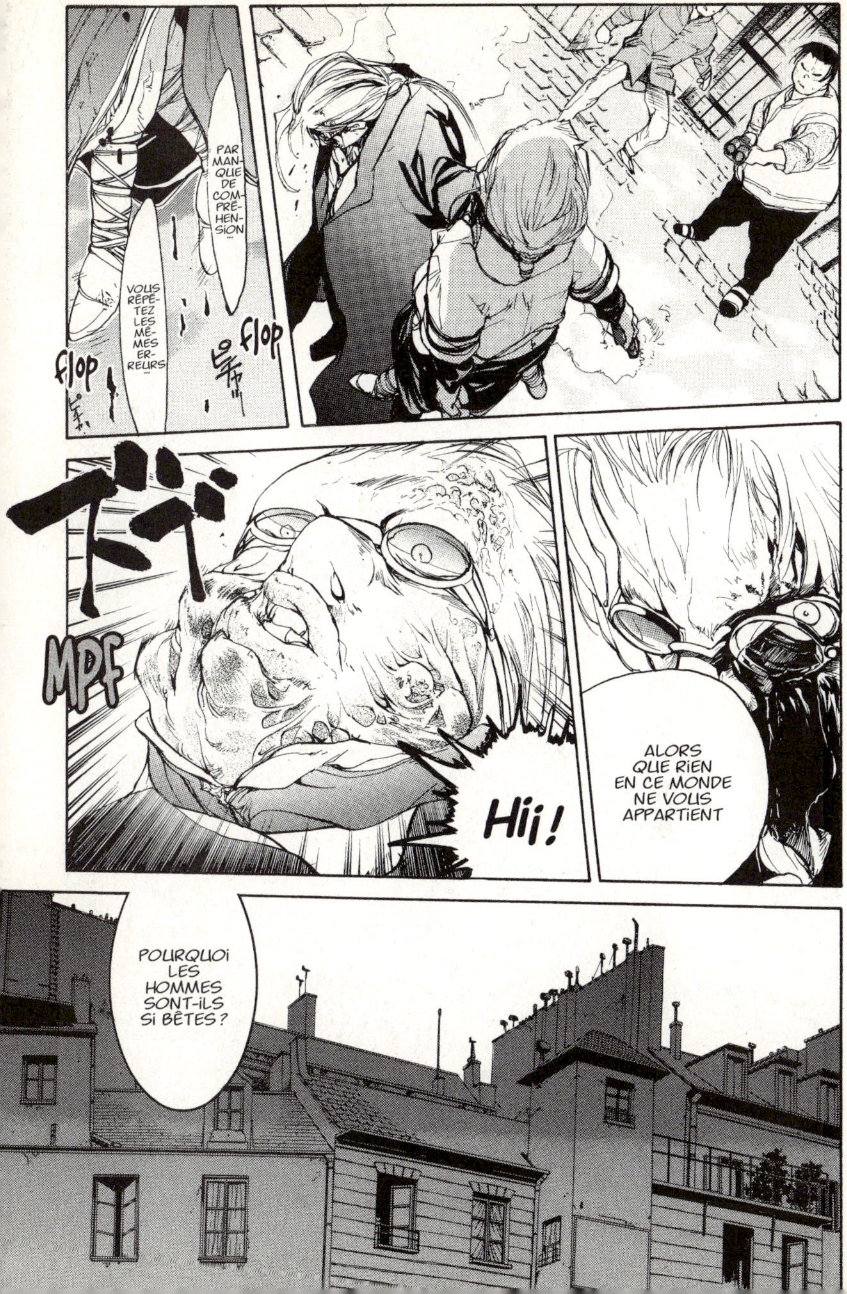
flop
flop
PAR MANQUE DE COMPRÉHENSION...
VOUS RÉPÉTEZ LES MÊMES ERREURS...
ALORS QUE RIEN EN CE MONDE NE VOUS APPARTIENT
Hii !
MPF
POURQUOI LES HOMMES SONT-ILS SI BÊTES ?

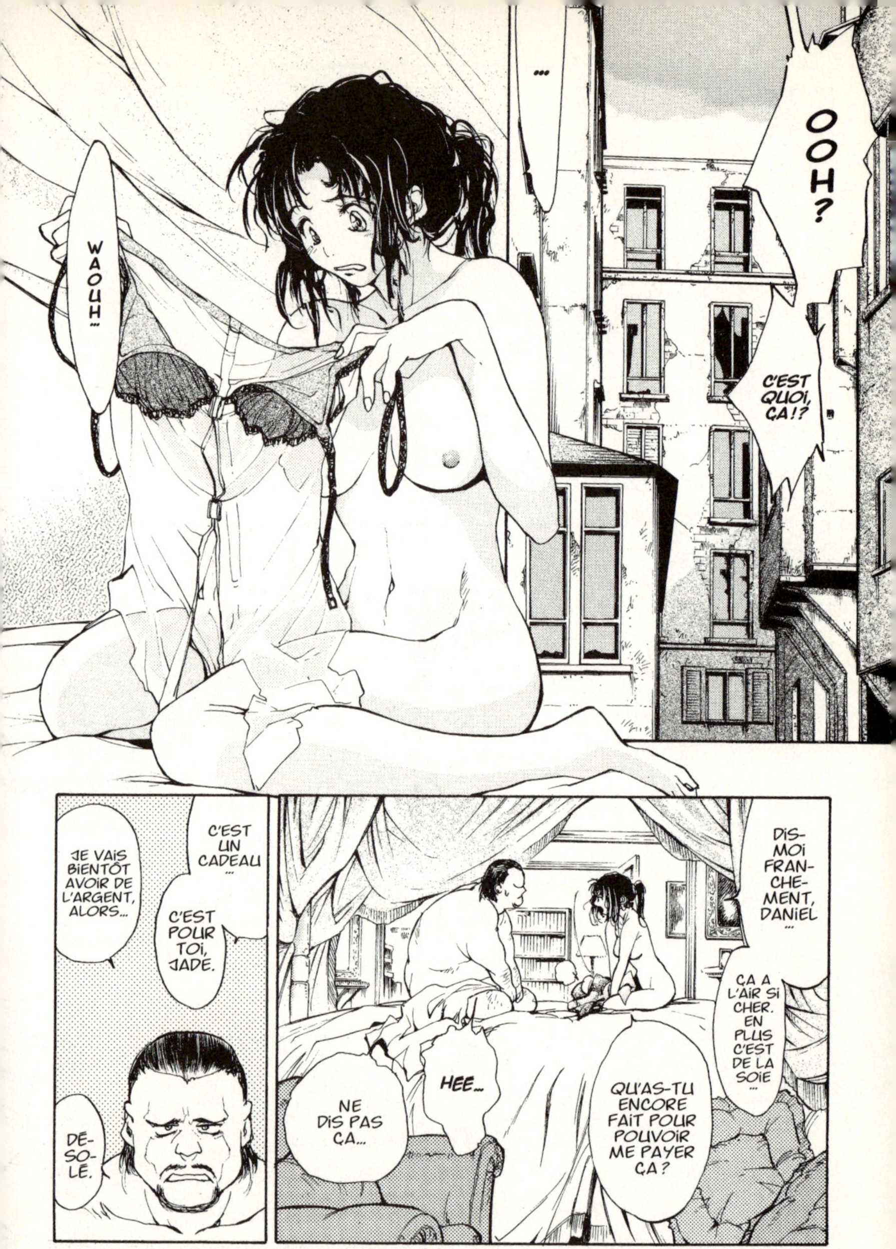
OOH?
C'EST QUOI, ÇA!?
...
WAOUH...
DIS-MOI FRANCHEMENT, DANIEL...
ÇA A L'AIR SI CHER. EN PLUS C'EST DE LA SOIE...
QU'AS-TU ENCORE FAIT POUR POUVOIR ME PAYER ÇA?
HEE...
NE DIS PAS ÇA...
C'EST UN CADEAU...
C'EST POUR TOI, JADE.
JE VAIS BIENTÔT AVOIR DE L'ARGENT, ALORS...
DÉSOLÉ.

LORD PHILIP EST UN ANCIEN DU MILIEU...
IL Y AURA PAS MAL DE MAFIEUX À SON ENTERREMENT...
ON VA AUSSI BÉNÉFICIER UN PEU DE TOUT CET ARGENT...
ÇA NE TE PLAIT PAS ?
HA HA HA !
MAIS...
COMMENT DIRE...
POURQUOI LES HOMMES AIMENT-ILS CE GENRE DE CHOSE ?
C'EST TRANSPARENT.
COMMENT ON LE MET ?
AH!
!!
BRR
ET PUIS NON !
HEIN ?
NON !?
JE N'AI PAS ENVIE.
MAIS...
ALLEZ, JUSTE POUR VOIR...
LE VRAI PROBLÈME...
C'EST QUE NOTRE COORDINATEUR A DISPARU...
ÇA FAIT MAL.

TU AS PROMIS DE NE PAS REGARDER !
POM
MAAAAAAIS !!!
JE ME DEMANDE CE QUI VA SE PASSER...
JE SUIS INQUIET...
STIPE ET LASER-FORD...
ILS VONT FAIRE QUELQUE CHOSE, NON ?
ET ÇA...
ILS PENSENT QUE JUSQU'À PRÉSENT LA POLITIQUE ÉTAIT TROP LAXISTE.
ILS VONT SÛREMENT RESTRUCTURER LES ÉQUIPES.
C'EST TERRIBLE POUR UN MAFIEUX DE BAS ÉTAGE COMME MOI !

!
ALLEZ, REPRENDS-TOI !
fle
TADAAAAN!!!
ALORS ♡
...
HAHAHAHAHAHA
C'EST SÛR QUE DE CE CÔTÉ-LÀ, ÇA VA, TU ES EN FORME !
flop
SSSSS

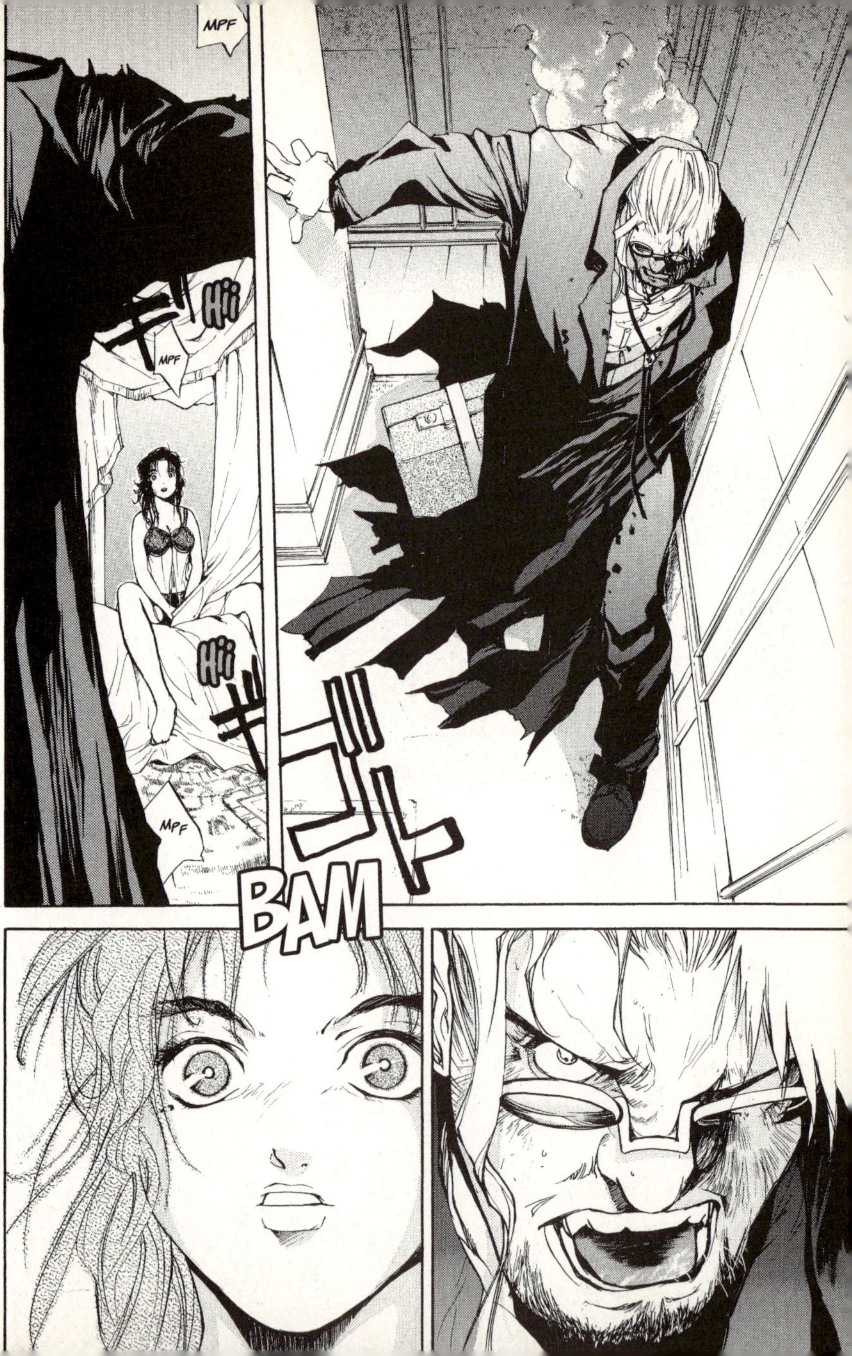

MPF
Hii
MPF
Hii
MPF
BAM

QUI...
QUI ES-TU ?
TAC
CET-TE FOIS...
J'AI TROUVÉ...
TCHAC
AIDE-MOI.
JE T'EN SUP-PLIE !
TOI, VRAIMENT...
TU AS CONTINUÉ TES HISTOIRES !?
FUDJINSKI !!!
FLOP
FLOP
FLOP
FLOP
FLOP

C'EST QUI, CE TYPE ?
VLAN
KEF
TU LE CONNAIS ?
HEIN !?
IL EST BIEN AMOCHÉ.
ATTENDS!!!
QU'EST-CE QUE TU VAS EN FAIRE...
TAC
TU VAS LE SAUVER !?
KEF
SPLASH
JADE!!!

AH!
TAC
FLE
VIUUM
BTAM
DANIEL !
HEIN ?

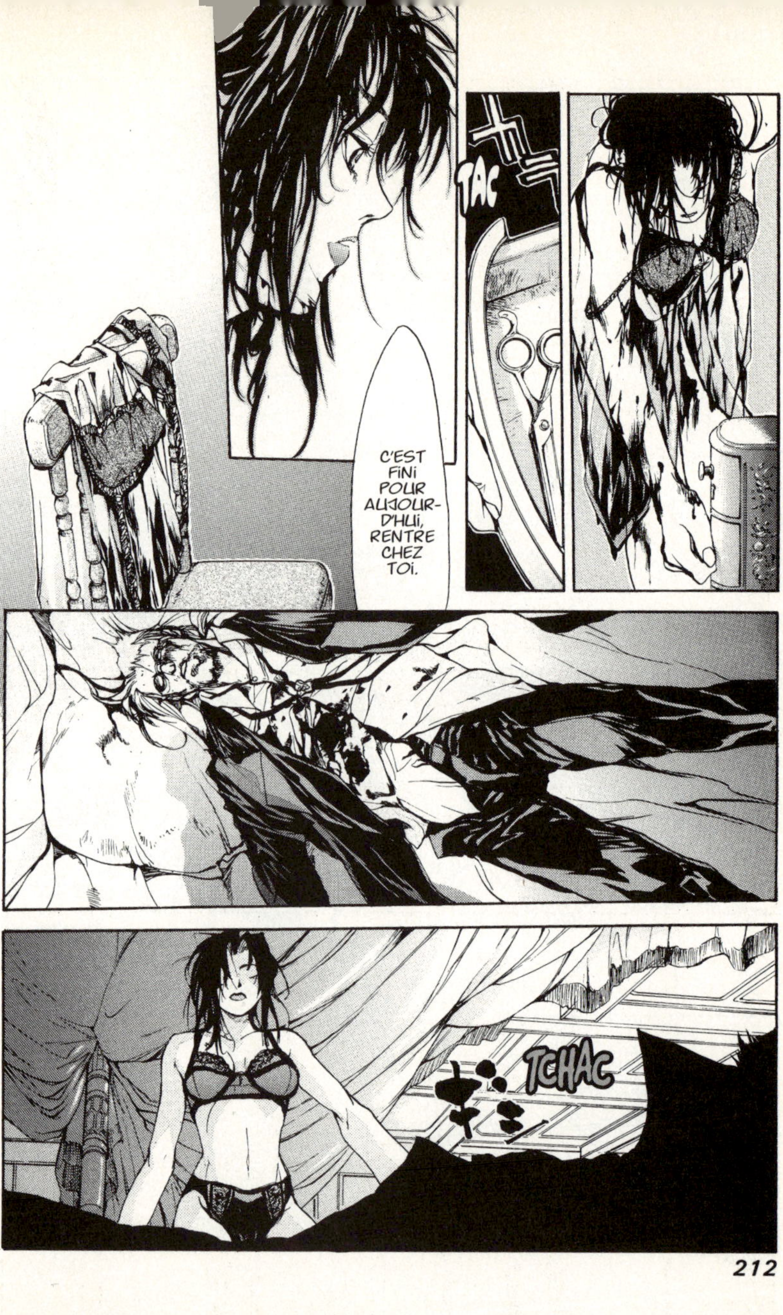
TAC
C'EST FINI POUR AUJOURD'HUI, RENTRE CHEZ TOI.
TCHAC

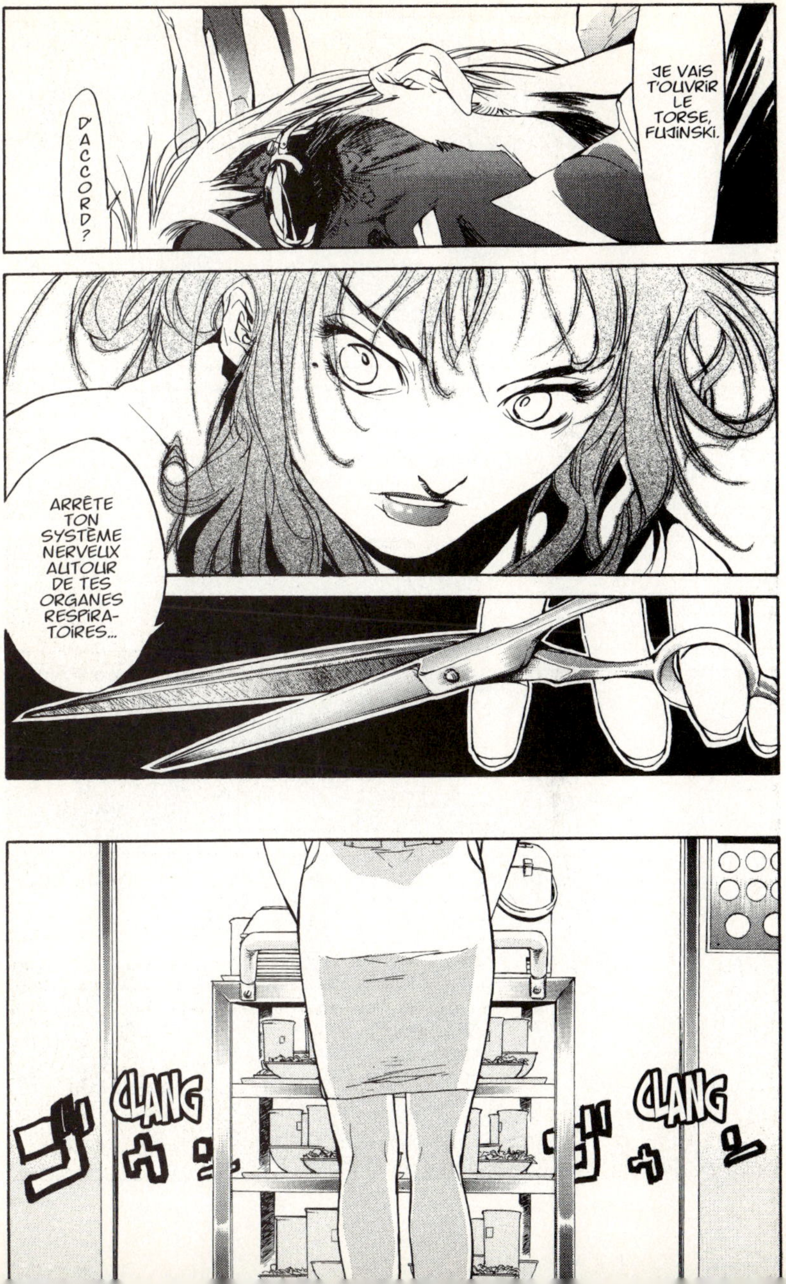
JE VAIS T'OUVRIR LE TORSE, FUJINSKI.
D'ACCORD?
ARRÊTE TON SYSTÈME NERVEUX AUTOUR DE TES ORGANES RESPIRATOIRES...
CLANG
CLANG

VIIIM
clang
clang
STIPE...
clang
clang
clang
clang
clang
clang
clang
DOIT ÊTRE PARTI À L'ENTER-REMENT...
C'EST L'OCCASION, IL N'EST PAS LÀ.
POUR LES GARDES, C'EST FACILE...
ON LES ENDORT 5 MINUTES AVANT.
ET L'INFIRMIÈRE ?

ANNA-MARIA MEYER ?
C'EST L'HEURE DE LA CONSULTATION.
T'INQUIÈTE.
IL N'Y A RIEN À WEST SEA QU'ON NE PEUT ACHETER...
ABSOLUMENT RIEN.
QUE CE SOIT UNE INFIRMIÈRE, UN HÔPITAL...
CLAC
MAIS...
toc toc

ET TU VEUX FAIRE QUOI...
RIAM ?
C'EST LA SOEUR DE JUJU, NON ?
TIENS...
BONJOUR.

C'EST TOI, JADE ?
TU TE SENS COMMENT ?
C'EST COMME SI ON M'AVAIT VOLÉ MES INTESTINS...
JE NE TE LES PRENDRAI PAS.

TON APPAREIL RESPIRATOIRE ÉTAIT PLEIN DE SABLE ET DE SPORES.
ON A ÉVITÉ DE JUSTESSE L'EMBOLIE PULMONAIRE.
LES ANDROÏDES NE SONT PAS PARFAITS.
SI TU VEUX DURER, UNE BONNE MAINTENANCE EST NÉCESSAIRE.
SS ズズ
C'EST...
CHEZ TOI ?
À CAUSE DE TOI, MON LIT EST FOUTU.
JE NE POURRAI PAS RECEVOIR DE CLIENTS PENDANT UN MOMENT.

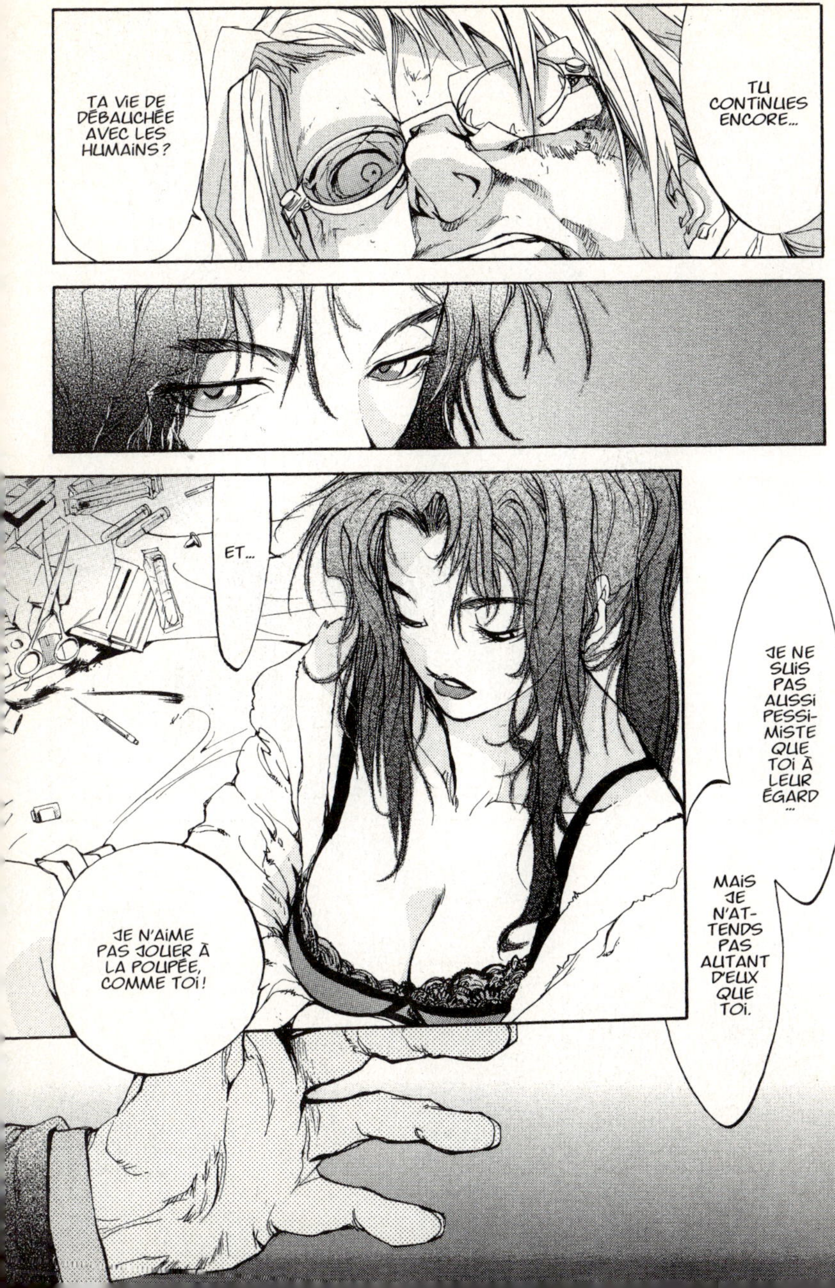
TU CONTINUES ENCORE...
TA VIE DE DÉBAUCHÉE AVEC LES HUMAINS ?
ET...
JE NE SUIS PAS AUSSI PESSI-MISTE QUE TOI À LEUR ÉGARD...
MAIS JE N'AT-TENDS PAS AUTANT D'EUX QUE TOI.
JE N'AIME PAS JOUER À LA POUPÉE, COMME TOI !

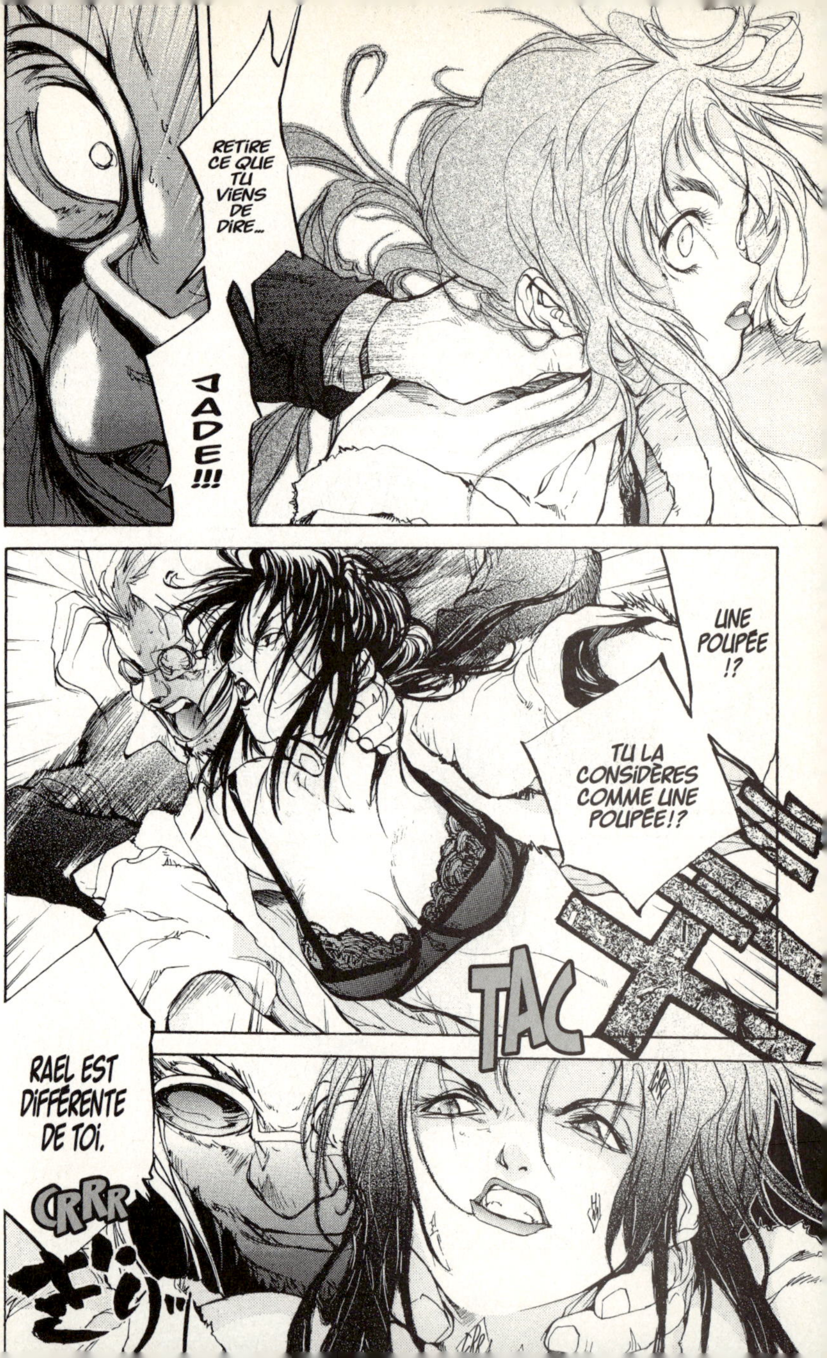
RETIRE CE QUE TU VIENS DE DIRE...
JADE!!!
UNE POUPÉE !?
TU LA CONSIDÈRES COMME UNE POUPÉE!?
TAC
RAEL EST DIFFÉRENTE DE TOI.
CRRR

BRR
BRR
AH...
CRR
CRR
AAAAAH...
KEF
KEF
KEF
KEF
KEF
KEF
AH OUI...
J'OUBLIAIS !!!
MAIS OUI !
kef

JE VOUDRAIS QUE TU REGARDES ÇA, TOI QUI ES UNE SPÉCIALISTE DES MATIÈRES.
TAC
LES INGRÉDIENTS SONT LÀ.
S'IL EN MANQUE, JE PEUX EN AVOIR AUTANT QUE TU VEUX.
QU'EST-CE QUE TU RACONTES, FUZE ?
C'EST IMPOSSIBLE.
TON CORPS EST LA PREUVE...
DE CE CHANGEMENT ÉTRANGE ...

LE CYCLE DU TAMARIX COMMENCE À SE DÉRÉGLER...
LA CROISSANCE DE "L'ARBRE" NE S'ARRÊTE PAS ALORS QUE LES "FRUITS" NE SONT PAS ENCORE MÛRS.
LES CHOSES ONT UNE CERTAINE DURÉE DE VIE, FUZE !

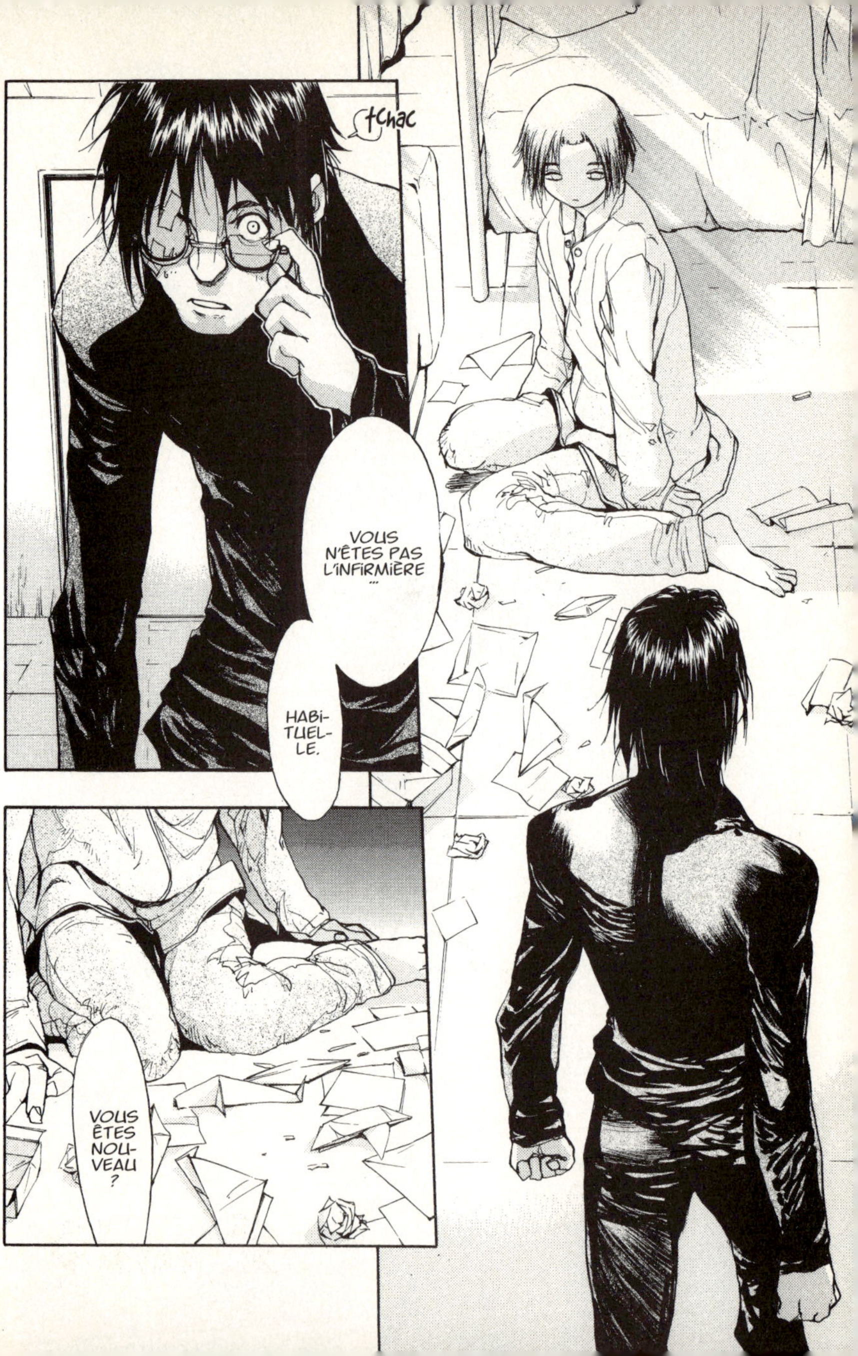

TCHAC
VOUS N'ÊTES PAS L'INFIRMIÈRE ...
HABI-TUEL-LE.
VOUS ÊTES NOU-VEAU ?

AGHARTA FIN 2

Le tome 3 paraîtra en JUILLET 2002

À suivre...

TAKAHAL

Vous venez de finir de lire Agharta
et vous voulez donner votre avis ?
Ces pages sont les vôtres.

Une question ?
Un doute ?
Écrivez-nous
et nous vous répondrons
par le biais de ces pages.

Les magnifiques dessins de Takaharu
Matsumoto vous ont inspirés ?
Envoyez-nous vos plus belles
planches, nous les publierons
dans ces pages bonus !

Deux adresses désormais :

Kana
15/17 rue Moussorgski
75018 Paris - France

&

Kana
7 avenue Paul-Henri Spaak
1060 Bruxelles - Belgique

AGHARTA

7, avenue P-H Spaak - 1060 Bruxelles

First published in Japan in 1997 by Shueisha Inc., Tokyo
French language translation rights in France arranged by Shueisha Inc.
Première édition Japon 1997

Dépôt légal d/2002/0086/129
ISBN 2-87129-421-6

Conception graphique : Les Travaux d'Hercule
Traduit et adapté en français par Misato
Adaptation graphique : Eric Montésinos

Imprimé en Italie par G. Canale & C. S.p.A. - Borgaro T.se (Torino)